# お金大好き魔女ですが、あまあま旦那様にほだされそうです

江本マシメサ

Mashimesa Emoto Presents

fairy kiss

お金大好き魔女ですが、
あまあま旦那様にほだされそうです

# 第一章　沼池《しょうち》の魔女は、森の奥地までやってきた美貌の男に辟易《へきえき》する

「あの――すみません。私は王都からやってきた者なのですが、死の呪いを解いていただけないでしょうか？」

美貌の男はにっこり微笑《ほほえ》み、商店で「小麦粉をください」と言うくらいの気軽さでそう言う。

森の奥地に住む沼池の魔女ユースティディアは、どうしてこうなったのだと天を仰《あお》いだ。

◇　◇　◇

大地に生きとし生けるものは、月から降り注ぐ光から魔力を得て、構成された存在《もの》である。

月光をもっとも浴びるのは、世界の中心にそびえる巨大な樹、世界樹。

世界樹の根から、魔力は世界へ供給される。

そんな世界の仕組みに気づいた一人の魔法使いが、画期的な魔法を編み出した。それは、魔力が満ちる夜に大きな力を発揮する魔法である。

それらは総じて、〝闇魔法〟と呼ばれるようになった。

闇魔法は月から降り注ぐ魔力を使い、発動される。そのため、従来よりも強力な魔法が展開されるのだ。

闇魔法使いは、ありあまる力をもって、人を救い、困っている者達へ手を差し伸べてきた。

教えを乞う者がいれば、分け隔てなく闇魔法を伝授した。それが、よくなかったのだろう。闇魔法を悪用する者が現れたのだ。

それまで闇魔法使いというのは、夜に限定して強力な魔法を使う者を指す言葉だった。それがあっという間に、悪い存在を示す言葉へと変わってしまったのだ。

人のよい闇魔法使いを利用し、闇魔法を覚えた者達は、闇に乗じて悪事を働いた。

それだけではない。闇魔法を応用し、残酷な魔法の数々を編み出したのだ。

中でも、血肉を使い、人の命を対価とする生贄《いけにえ》魔法は非常に悪質であった。次々と人を攫《さら》い、命を奪って強力な魔法を展開し続けたのである。

生贄魔法は罪のない村を滅ぼし、美しかった森を焼き、果ては戦争にも利用された。

人々は、しだいに闇魔法を憎むようになる。

その憎しみの対象が、関係のない魔法使いにまで広まるのに、そう時間はかからなかった。

魔法使いを糾弾する声に、国も応《こた》えた。魔法使いを取り締まり、処刑を行う〝異端審問局《いたんしんもんきょく》〟が設立されたのだ。

以降、魔法使いは姿を発見され次第、広場で処刑された。

人々は歓喜する。諸悪の根源が、いなくなる瞬間に。

これまで、魔法使いに命を軽んじられてきた。その仕返しは、まことに爽快だったのだ。

いつしか、魔法使いの処刑は、人々の娯楽となる。悪い魔法使いの首が飛ぶと、自身が抱える鬱《うっ》憤《ぷん》が消えてなくなるような快感があったのだろう。

公開処刑が娯楽となった世の中で、人々がもっとも興奮し、広場に人が入りきれないほど観衆が集まった処刑があった。

それは、闇魔法の始祖の公開処刑である。

彼こそが闇魔法の始まり、諸悪の根源。暗黒の歴史は、始祖が闇魔法を多くの人々に広げたことによって始まった。

そんな男の処刑は、残酷極まりないものであった。

多くの人々にその様子を見せるため、刑に処しては回復魔法で傷を治し、また刑に処す。その繰り返しであった。

人々は興奮し、傷つく姿に歓喜すらした。残酷極まりない、興行であった。

一ヶ月後に、闇魔法の始祖は死んだ。

人々が闇魔法に勝利した瞬間であると、歴史書には書かれている。

以降、闇魔法を行う者は悪とされ、闇魔法のすべてが禁術とされた。

それから時が流れ――かつての歴史に過《あやま》ちがあったと気づく。

大勢の魔法使いを処刑したせいで、世界的に魔法使いの数が少なくなってしまった。精霊や妖精と対話できる者がいないため、各地で多くの問題が起きている。

古くから、精霊や妖精が起こした事件を解決してきたのは、他でもない魔法使いであった。

他にも、日照りの解消や、川の氾濫や竜巻の予言、雨乞いなど、多くの問題を魔法使いに解決してもらっていたのだ。

もう、世界にはごく僅《わず》かな魔法使いしか残っていない。一子相伝の魔法は潰《つい》え、貴重な魔法書も燃やされてほとんど残っていない。

生き残った魔法使いも、どこかへ隠れ住み、人々の前に出てくることはなかった。

闇魔法使いが思うままに勢力を揮《ふる》っていた当時、異常な行動を繰り返していたのは闇魔法使いだけではない。

人々もまた大切な人達を失い、悲しむあまり、まともな判断ができていなかったのだろう。

最近では、闇魔法の始祖も悪い魔法使いではなかったという調査結果が新聞の一面で報じられた。

とはいえ、分け隔てなく闇魔法を伝授した彼は愚かだったのだ。強い力は悪事に利用されやすいことを理解していなかったのだろう。

闇魔法に対する認識は、昔も今もそう変わらない。悪《あ》しきものとして、認知されていた。

時は流れ――――現代。

人々と僅かに交流を持つ、魔法使いがいた。彼女らは魔法使いと名乗らず、自らを〝魔女〟と呼んでいた。

魔女は決まって森の奥地に住み、必要な時以外は誰とも交流しなかった。

人々も、どうしようもない問題が発生したときのみ魔女を頼る。

ただ、双方に信頼はない。迫害し、迫害された歴史は、人々と魔女の中で消えることはなかった。

互いに生きるために、利用しあっているという冷め切った関係である。

差別や、憎しみは、何百年経《た》っても歴史が語り継がれる限り、なくならないのだ。

◇　◇　◇

〝沼池の魔女〟、ユースディアは代々受け継いだ森の住み処《か》で、独《ひと》り暮らしていた。

彼女は北の大地で親に捨てられたところを、先代の沼池の魔女に拾ってもらったのだ。

厳しい魔女のもとで、ユースディアは闇魔法を習った。

初め、魔女が闇魔法使いだと知ると、恐ろしくなった。闇魔法は、血肉を使い、命を糧《かて》として使う魔法だと思っていたからだ。

しかし、その認識は間違っていた。闇魔法使いとは、夜に月光から降り注ぐ魔力を用いて魔法を使う者の総称だったのだ。

まずは、月明かりを浴びた薬草を摘む作業から始まり、魔法道具の手入れや、魔法書の管理、薬草の加工など、ありとあらゆる知識を叩き込まれる。

魔女はユースディアに厳しかったが、愛情深い人物でもあった。

ただその情を、ユースディア以外には向けない。魔女を頼ってやってきた人には、実に冷酷な態度で接する。

ある日、ユースディアは「どうして、そんなに村の人に冷たくするの？」と問いかけた。

魔女は眉尻を下げながら、「人と魔女は、相容れない存在だからなんだよ」と答える。

魔法使いは、人々の大きな声によって滅んだ。互いに憎しみ、わかりあえない時間があまりにも長かったのだ。

気を許したら、口車に乗せられて、いいように使われるだろう。また、かつての歴史にあったように、魔女は悪だと糾弾する者が出てくる可能性だってある。

魔法使いと人が敵対していた歴史がある以上、警戒するに越したことはないのだ。

今後、村の人は信じず、金だけを信じるよう、魔女は噛んで含めるようにユースディアに伝えた。

そんな魔女は、ユースディアが十五歳のときに亡くなった。穏やかな死だったように思える。

その際、ユースディアが沼池の魔女の名を引き継いだ。

それから十年、ユースディアは黒いリスの使い魔ムクムクと共に、森の奥地で暮らしてきた。

先代と同様、困った村人に手を貸しつつ、生きてきたのだ。

依頼のほとんどは、森に棲《す》む妖精のいたずらをどうにかしてくれというものである。畑の作物を荒らしたり、干していた木の実を食べたり、農具を森へ持って帰ったり。

作物を荒らす妖精避《よ》けには、魔法で作った忌避剤を渡す。干していた木の実対策には、森で犯人を探し出して説教。農具は水晶の振り子《ダウジング》を使って地道に探すばかり。

村人は一週間に一度はユースディアを頼ってやってくる。そのためそこそこ忙しい日々を送っていた。

だがある日、村が取り壊されることが決まった。なんでも、堰堤《えんてい》という、貯水を目的とした河川を横断する堤防を作るらしい。村はその建設計画のため、水に呑み込まれてしまうのだという。

村人達は遠く離れた街に土地を宛がわれ、続々と引っ越していった。新しい街では家と仕事も与えられ、森の妖精のいたずらに困ることなく暮らしているという。

先日、最後のひとりが引っ越していった。ついに、ユースディアを頼る者達は、いなくなってしまったわけだ。

バタバタと忙しかった毎日から一転、時間にゆとりができる。

暇を持て余した彼女は、趣味の金数えをする。

先代の教えの甲斐あって、ユースディアにとって金は唯一信じられるものだった。

人は感情で動き、いつか予告もなく信頼に背く行動を取るかもしれない。

けれど、金は頑張れば頑張るほど、貯まっていくばかりだ。加えて、ユースディアを裏切ることは絶対にない。

だから、ユースディアは金が大好きなのだ。

もうひとつ、趣味がある。それは、先代のコレクションだったロマンス小説を読みあさること。

興味を持ったきっかけは、魔法書を読み尽くし、読むものがなくなったとき。気まぐれに手に取った一冊が寝食を忘れるほど面白く、いつしかそれらに嵌《は》まっていった。

世間の常識に疎《うと》いユースディアにとって、ロマンス小説は外の世界や文化を教えてくれるものでもあったのだ。

先代のコレクションは豊富で、地下にも専用の部屋がある。まだ半分も読んでいないだろう。

ここ最近は依頼もなく暇なので、一日の大半を貴族の生涯を描いたロマンス小説を読んで潰していた。

だが、のんきに本を読んでいる場合ではなかった。

物語のヒロインのように、王子様が助けにやってくるなんてありえない。現実を見ないと、貯蓄は減っていく一方である。

魔女を廃業して、街に出るか。そんな話もしていたが、ムクムクから『ご主人が、今更人として生きられるわけないでしょうよお』などと、言われてしまう。

返す言葉が見つからない。

確かにユースディアは人付き合いが得意ではなく、偏屈でもある。街暮らしが向いているようには思えなかった。

これからどう生きようか。そんな悩みを抱えているときに、〝彼〟はやってきた。

その日、ユースディアは庭に出て、雑草摘みをしていた。

かごをふたつ用意し、おいしい雑草と、おいしくない雑草に分けつつ、作業をしていたのだ。

もうすぐ真冬を迎えようとしていた。外はかなり冷える。そのため、全身を覆う黒のローブを纏《まと》っていた。先代からのおさがりでもあり、絵本などでもおなじみである、黒衣――いわゆる魔女装である。

しかし手はかじかみ、感覚がなくなる。すぐにでも止《や》めたかったが、冬の季節は雑草でさえ貴重な食料だ。もうすぐ、雪深いシーズンにさしかかるだろう。そうなれば、雑草ですら採れなくなってしまうのだ。

今日は、雑草のコース料理でも作ろうか。雑草のポタージュに、雑草のおひたし、メインは雑草の香草焼き。雑草パンケーキに、デザートは雑草の砂糖煮である。

冬は毎年こんな感じなので、ユースディアにとっては通常運転であった。

しだいに、雪がちらついてくる。そろそろ作業を中断しなければならない。

立ち上がった瞬間、森に張った結界が反応を示す。誰かがユースディアの家の敷地内へと入ったのだろう。その〝誰か〟が悪意を抱く者だった場合、ここで結界が弾き返し二度と立ち入れないようにする。

しかし、結界は来訪者をそのまま通した。

「――誰？」

思わず、問いかける。

村からやってきた者だろうか？

しかし先日村の跡地で工事が始まったという話が、妖精達からもたらされたばかりだ。通っていた村の畑はなくなり、干していた木の実は撤去され、農具もその辺に転がっていない。妖精達が『いたずらができなくなった！』と訴えていたのだ。

ユースディアはそのたびに「知らんがな」と言って妖精達を追い返す。

金を持っている村人の依頼は積極的に受けていたが、気まぐれな妖精の訴えなどいちいち聞いていたらキリがない。

付き合う者の選択は慎重に。それも、先代の教えである。

考え事をしていたら、訪問してきた者がユースディアの家の庭先へとやってきていた。

驚くべきことに、訪問者は青年であった。

年の頃は、二十代半ばから後半くらいだろう。毛先に癖のある金髪は、整髪剤で整えられている。

青い瞳は森にある湖のように澄んでいて、穏やかな印象だ。容貌は直視できないような美しさである。森の奥地で暮らしているユースディアにとっては、目の毒になりそうな美貌だ。

仕立てのよいフロックコートに身を包んでいる姿から、貴族だろうと推測できた。ピンと張った背筋やブレのない立ち姿、一切隙のない様子であることから、騎士か何かの職に就いているのだろうなと、ユースディアは推測する。

村の工事の責任者か誰かなのか。そんなことを考えつつ、青年を見る。

すると、青年は胸に手を当てて会釈した。まるで、姫君か何かを敬うような、そんな丁寧な挨拶であった。

見目のいい男がやってきて、うっとりしてしまう、なんて夢見る年頃はとうの昔に通り過ぎた。

二十五にもなれば、相手が誰であれ、警戒してしまう。それに、見ず知らずの人間に愛想がよすぎる男など、逆に胡散臭《うさんくさ》く思えてならない。

男は艶《あで》やかな笑みを浮かべつつ、用件を告げた。

「あの――すみません。私は王都からやってきた者なのですが、死の呪いを解いていただけないでしょうか？」

「は？」

「私、これでも呪われておりまして、このままでは、余命半年なんだそうです。ここの森には、人々に手を貸してくださる、善《よ》き魔法使い様がいらっしゃるとのことで、訪問させていただきました」

実に爽やかに、自身は死の呪いを受けているという。

本当に、呪いを受けているのか。余命半年というには、あまりにもあっけらかんとしていた。

「死の、呪い？」

「はい」

呪いを受けた者が、ここまではっきりとした返事ができるものなのか。ユースディアは疑いの目を向ける。

「難しいでしょうか？」

「その前に、どうして呪いが余命半年だとわかったの？」

一般的な死の呪いは、たいてい多くが謎に包まれている。いつ死ぬかも、わからない場合が多いのだ。

美貌の男は明朗《めいろう》な調子で言葉を返した。

「呪いが発動したさいに浮かぶ魔法陣を、専門家に解析していただいたのです」

すぐさまユースディアは目を眇《すが》め、男の魔力を視《み》る。すると、たしかに呪いのような靄《もや》がうっすら見えた。通常、呪いを受けたらそのような靄が体の一部に出るものだが、彼の場合全身が覆われている。この症状は、命を奪うもので間違いない。

「報酬も、用意しております」

早速報酬の話になり、ユースディアの胸がどきんと跳ねた。繰り返すが、ユースディアは金が大好きだ。先代が亡くなった今、信じられるのは金だけである。

しかし、「はい、喜んで！」と答えるわけにはいかない。解呪《かいじゅ》の魔法は、非常に困難なのである。基本的に、呪いの類《たぐ》いは無理矢理解こうとすれば、呪い返しに遭《あ》う。かけられた呪いが、解こうとした者にもうつってしまうのだ。

いくら金が大好きなユースディアでも、呪い絡みの依頼は遠慮したい。即座に、断る。

「解呪は無理よ。他を当たってちょうだい」

「魔法使いの当てが、あなたしかなかったのですが」

「残念だったわね。もう、諦めなさい」

「どうにか、ならないでしょうか？」

「無理よ。呪い返しで、私まで命を落としたくないし」

男は眉尻を下げ、じっとユースディアを見つめている。雨の日に捨てられた子犬のような顔をしても、無理なものは無理である。

「お願いします。家族のために、死ぬわけにはいかないのです」

あろうことか、男は地面に片膝をつき、頭を垂れた。

高い身分を持つ者が、魔女に膝をつくなど前代未聞である。

どうにか、諦めさせないといけない。焦ったユースディアは、おおよそ年若い青年が支払えないと思《おぼ》しき、立派な屋敷一軒が建つほどの金額を提示した。

「それくらいでしたら、私の私財でまかなえるかと」

「は？　まかなえるって、あなた、何者なの？」

青年の名はアロイス・フォン・アスカニア。若くして公爵家を継いでいる。贈与された財産は、ユースディアが生涯遊んで暮らせるほどの金額らしい。その中にある私財を、解呪の支払いに使うという。

ユースディアの心がザワザワと揺れ動いた。一方、アロイスは首を傾げる。

「しかし、あなたはどうして、そのような金額を必要とするのでしょうか？」

「なぜって、お金はたくさんあっても、困らないでしょう？」

金があれば、なんでも手に入る。地位も、名声も、愛だって。ユースディアはかねてより、そんな考えを持っていた。

彼女の生活を支えるのは、金である。人生、金がすべてなのだ。

「お金は目に見える信頼なの。何があっても、絶対に、私を裏切らないわ。それにお金は私の心を癒《い》やし、生活を豊かにしてくれるの。世の中、情ではなくてお金で回っているのよ」

そんなことを一気に捲《まく》し立てるユースディアを、アロイスは可哀想な生き物でも見るような目で見つめていた。

「何か、文句があるの？」

「いいえ、新しい価値観に、出会っただけです。気分を害されたのならば、謝ります」

「頭を上げなさい。っていうか、立ちなさいよ。話しにくいわ」

「申し訳ありま――」

立ち上がった瞬間、アロイスの体が傾く。

顔色は真っ青になり、額《ひたい》に赤黒い魔法陣が浮かんでいた。突然、呪いが発動し、アロイスの生命力を喰らっているようだ。

「なんなの、この呪いは⁉」

アロイスは喉を押さえてもがき苦しむ。

呪われた者を目の前にしたのは、初めてだった。

魔法陣を覗き込んだ瞬間、ゾッと全身の肌が粟立《あわだ》つ。呪いは、人の命を対価に闇魔法を使って展開された強力なものであった。

これほど強い呪いを使える闇魔法の系譜《けいふ》は途絶えたと思っていたのに、どこかで生き延びていたようだ。

どうしようか。ユースディアは迷う。

絶対に、アロイスと関わったら大変な事態になるだろう。平民であるユースディアが貴族と関わるなんて、苦労は目に見えている。わかりきっていることだ。

しかし、報酬として彼の私財をもらえるのは、またとない話だ。

ユースティアの中にある天秤が、右に、左にとぐらぐらと揺らいでいた。

暇で平穏な人生か、それとも、波瀾万丈だけれど報酬を手にできる人生か。

ユースティアは頭を抱えて悩み込む。

わからない。いくら考えても、わからなかった。

ただ唯一わかることは、目の前で苦しむアロイスを、見ていられないということ。

チッと舌打ちする。

ユースティアはポケットから紙幣を取り出し——逡巡《しゅんじゅん》した。

今、手に握っている金は、一ヶ月の生活費である。

発動された呪いは、止《とど》めを刺すものではないだろう。魔法陣を見たらわかる。呪った人物に、苦しみを与えるものであった。

一方で、この金を失ったら、ユースティアは確実に苦しむ。

「うぐっ……！」

アロイスがうめく。

もう、見ていられない。ユースティアは呪文を唱える。

紙幣には偽造防止のための特別な呪文が刻まれており、魔法の媒体にもなるのだ。

ユースティアの手の中にあった紙幣は、ボッと音を立てて消えた。代わりに、魔法が発動される。

アロイスを苦しませるだけの魔法は、一時的に封じられた。

魔法は正しく発動されたのに、ユースディアの眦《まなじり》からは涙がポロポロ零れる。

大好きな金が、一瞬にして灰と化したのだ。大事な金を燃やすことなど、あってはならない。それなのに、アロイスの呪いを封じるために、使ってしまったのだ。

形を失った紙幣は、もう数えることはできない。価値もゼロと成り下がった。

あまりにも無念で、悲しい。

こんなに涙を流したのは、先代が亡くなったとき以来である。涙なんて涸《か》れ果てたものだと思っていたが、失った金を想ってこんなにも泣けるのだ。

苦しみから解放されたアロイスは、不思議そうな表情でユースディアを見つめる。

それに対し、こっちを見るなと思い、シッシと犬を追い払うように手を振った。

「それよりも、あなたのその呪いは、毎日発動されるものなの？」

「ええ……」

アロイスは一日一回、呪いによる発作が起きる。マグマに全身浸《つ》かっているような熱に襲われ、息もままならないという状況が、一時間ほど続くらしい。

「もしかしてあなたが、呪いを、封じてくださったのですか？」

「一時的に、よ。解呪したわけではないわ」

「そうだったのですね。あの、どうして泣かれているのですか？　もしや、呪いの苦しみが、うつったのでしょうか？」

「そんなわけないわ。呪いを一時的に封じる魔法を発動させるのに、今月の生活費を使ってしまったから、胸が苦しくなっているだけよ」

「そんな……！　そう、だったのですね」

なぜか、アロイスまで胸を押さえ、苦しげな表情となる。

「何よりも、金を大事に想っているあなたが、それを失ってまで助けてくださったなんて！」

何やら、アロイスの様子がおかしい。どうしてか、キラキラした瞳で、ユースディアを見つめていた。

「心から、感謝いたします。ありがとうございました」

礼はいいから金をくれ。そう言おうとしたが、アロイスは話を続ける。

彼が口にした言葉は、ユースディアが予想もしない、とんでもない内容だった。

「呪いは、解かなくてもかまいません」

「は？」

いったい、どういう心境の変化なのか。呪いは一時的に封じただけで、発作は明日もあるだろう。

「いいのです。その代わり、死ぬまでの半年間、ぜひとも私の妻になっていただけないでしょうか？」

「は？」

アロイスは真剣な面持ちで、ユースディアに結婚を申し込む。

「結婚してください！」

「いや、結婚って。自分が何を言っているのか、わかっているの？」

アロイスは深々と頷《うなず》く。

「あなたの心の優しさと美しい涙に、胸を打たれてしまったのです」

倒れたときに頭でも打ったのか。背後に回り込んで外傷がないか確認したが、特に出血なども見られなかった。

「あなた、本当に大丈夫？　きちんと、私が見えている？」

「はい。驚きました。魔法使い様は、意外とお若いのですね」

ローブの奥にある顔を、覗き込まれてしまった。ユースディアはすぐさま、背後に跳んで後退する。

類い稀なる美貌を間近で見てしまい、ユースディアは目が焼けるかと思った。至近距離で見てはいけない男だと、アロイスを心の中で危険物扱いする。

「どうかなさいましたか？」

「――ッ！」

もう一度、顔を覗き込まれる。

アロイスに二度も顔を見られてしまった。これまで感じたことのない羞恥心に襲われる。

八歳の時に先代に拾われ、他人に顔を見られないように暮らしてから十七年。

二十五歳となったユースディアは、初めて年若い青年に顔を見られてしまったのだ。

記憶を抹消する闇魔法を発動させたかったが、残念ながらまだ夜ではない。魔法によっては、夜にしか発動できないものがあるのだ。悔しくなって、奥歯をギリッと噛みしめる。

ユースディアの動揺を余所《よそ》に、アロイスは結婚に関する利点について説明を始めた。

「私と結婚すれば、死んだあとの私財はすべてあなたの物になるよう、手配をしておきましょう。たった半年、私の妻になるだけで、手に入ります」

「意味がわからないわ。私と結婚して、あなたになんの得があるのよ」

「死ぬときくらいは、優しい人に看取《みと》られたいのです。どうか、お願いできないでしょうか？」

「あなた、何を言っているの？」

「すみません。自分勝手で、我が儘《まま》なご提案だと自覚しているのですが」

「違うわよ。誰が優しい人だと言うの？」

「魔法使い様です」

どこをどう見たら、ユースディアが〝優しい人〟に見えるのか。呆《あき》れてしまう。

「やはり、難しい話なのでしょうか？」

「それは――」

悪い話ではないだろう。どうせこの先、魔女としては生活が成り立たず、食い詰め者になる。苦労するよりも、半年間我慢して、大金を得るほうがいいのではないか。

幸い、アロイスは呪いを解かなくてもいいと言っている。が、こんなに旨《うま》い話などあるのだろうか。ユースディアは、つい疑ってしまった。

「私の死後、生活する家が必要とあれば、領地の別荘を差し上げましょう」

条件が、あまりにもよすぎる。何か、裏の目的があるのだろう。情で絆《ほだ》して呪いを解かせるとか、魔法を使って商売させるとか。

ユースティアはストレートに、疑問をぶつけてみた。

「何か、企んでいるんじゃないわよね？」

「いいえ、まったく。なんでしたら、血の契約をしても、かまいません」

血の契約というのは破ったら命を奪われる、呪いに近いものである。

「あなた、なんで血の呪いなんか知っているのよ？」

「我が家はかつて、魔法使いの家系だったのです。地下にある魔法書で、昔読んだことがありまして」

「ま、魔法書ですって⁉」

魔法使いの粛清《しゅくせい》が行われていた時代に、魔法書のほとんどは焼かれてしまった。その後、伝わった魔法のほとんどは口伝《くでん》である。

「あなたの家、魔法書が残っているの？」

「ええ。その昔、国家魔法使いをしていたようで、魔法書などを保管する役割を担《にな》っていたのです」

爵位が与えられた名家が保管していた魔法書である。きっと、先代が残した魔法書とは比べ物にならないほど貴重な内容が書かれたものに違いない。

「もちろん、私の妻になってくださったら、好きなだけ読んでいただけます」

それは、あまりにも魅力的な条件である。

「他にも、望む条件があれば、付け加えて結構ですよ」

「だったら、私に手出しは厳禁、呪いは頼んでも解かない、という条件でもいいの？」

アロイスは「それだけでいいのですか？」と問いかけてきた。

「あとは、衣食住の保証……とか」

「それは条件に挙げずとも、保証するつもりでした」

アロイスは続ける。

社交界の付き合いには巻き込まないし、必要な品があれば買い集めてもいい。

「使い魔のリスは、連れて行ってもいいの？」

「もちろんです」

使い魔のリス、ムクムクにも木の実食べ放題という厚待遇が言い渡された。

今まで木の陰に隠れていたムクムクが、『ご主人、あの人と結婚すべきですよお！』などと叫んでいる。調子がいいリスであった。

だが、結婚については、即決即断できるものではない。この美貌の男が、これまで結婚相手に困っていたわけがないだろう。呪いの件を除いても、何かワケアリな可能性がある。

愛想がよく見えるが、実は酒癖が悪いとか。

誰もが見蕩《みと》れるような美貌は、とんでもない化粧の技術によって作られているとか。

はたまた、彼は詐欺師で、ユースディアを騙そうとしているのか。

そんなことを考えているうちに、雪の勢いが強くなった。十分と経たずに、吹雪《ふぶき》になるだろう。

ユースディアはアロイスを振り返って言った。

「ねえ。家の中に入るには、入場料を取るけれど、どうする？」

アロイスは表情を曇らせる。まさか、金を持っていないというのか。ユースディアはすぐさま、彼の身なりを確認する。外套のボタンをひとつでも売れば、いい金になりそうだった。

この雪と風では、森を抜けるのも困難だろう。そう思い、代わりの条件を持ちかけてみる。

「お金を持っていないのならば、持ち物と引き換えでもいいけれど」

「あ、いえ、金を持っていないわけではなく……」

「だったら、もったいぶらずに出しなさいよ」

世の中は金で回っている。その厳しさを、ユースディアは教えているようなものなのだ。――と、自分のごうつくばりっぷりを、心の中で正当化する。

ただ、アロイスは金を惜しんでいるわけではなかった。

「あの、ここには、お独りで住んでいるのですよね？」

「そうだけれど」

アロイスは思案げに目を伏せ、「やっぱり」と呟く。

「何よ。気になることがあるのならば、はっきり言いなさい」

「女性が独りで住んでいる家に、お邪魔するわけにはいかないのです」

「は？」

「これでも、男ですので」

「わかっているわよ」

アロイスが家に入らない理由《わけ》は、ひとつしか思い浮かばない。

「何、あなた、紳士ぶっているって言うの？」

「僭越《せんえつ》ながら」

ユースディアは信じられない気持ちになる。

自らを、森の奥地に住む沼池の魔女と称し、村人からは恐れられていた存在であった。このように、ひとりの女性として扱われたのは、初めてである。世の人々はどこか、魔女を人ではない何かだと思っている節があるのだ。

この辺の感覚も、彼が魔法使いの系譜だからなのだろう。

「ご心配いただかなくても結構よ。あなたが私に手を出そうものならば、契約した巨大トカゲが丸呑みにするから」

「巨大トカゲが、家に、いるのですか？」

「いるわけないじゃない。必要なときに、出てくるのよ」

「そうだったのですね」

もちろん、嘘である。トカゲは古くから、魔女の親友とも言われる近しい存在であったが、ユースディアは大の苦手であった。小さいトカゲでも、悲鳴をあげるレベルである。

不思議なことにヘビは平気なのだが、トカゲだけは存在することすら許せない。

ユースディアは使い魔であるムクムクのような、ふわふわして、温かい生き物が好みなのだ。

「ご迷惑でないのであれば、お邪魔させていただけると助かります。あの、もちろん入場料も支払いますので」

ユースディアは金払いのいいアロイスを、家の中へと招き入れた。

生活の拠点となる魔女の住み処は、築二百年以上の年季が入った家である。

棚にはびっしりと瓶詰めされた薬草が並び、壁には乾燥させた花が吊り下げられていた。居間に置かれた家具は、四人掛けのテーブルと椅子だけ。百年ほど前には四人の魔女が住んでいたようだが、今はユースディア独りである。

そろそろ弟子を迎えなければいけないのだが、魔女業は閑古鳥《かんこどり》が鳴いていた。弟子を迎えるのにも、金がかかる。ドが五つほど付いてしまうほどケチなユースディアは、なかなかふんぎりがつかないでいたのだ。

しかし、この地での商売はもう成り立たないだろう。

沼池の魔女は森と契約しているため、他の土地で一から魔女業を営むのは大変困難である。

初代の偉大さを、ひしひし感じるユースディアであった。

横目でアロイスを見る。魔女の部屋が物珍しいのだろう。キョロキョロと辺りを見回していた。

「お茶を飲む？　有料だけれど」

「いただきます」

商魂たくましいユースディアの提案に嫌な顔ひとつせず、笑顔で金を差し出してくれた。

本当に、金払いがいい上に、愛想と顔がいい男である。心の中で手と手を合わせ、感謝しつつ台所へと向かった。

客用の紅茶なんて置いていない。あるのは、庭で引き抜いた雑草を炒《い》って作る雑草茶である。

先代は森の薬草から作る香り高い上品な茶のレシピをいくつも教えてくれたが、魔法をかけたり、蒸して炒ったりと、工程が面倒なのだ。ユースディアはもっぱら、雑草茶を愛飲している。摘んで、炒るというシンプルな工程を経て作られた雑草茶は、びっくりするほど渋い。けれど、毎日快便で元気に過ごせる。蜂蜜や砂糖は高級品なので、茶には入れない。そのため、アロイスにもそのままの雑草茶を振る舞う。

「どうぞ」

「ありがとうございます」

素焼きの歪《いびつ》な茶器で、アロイスは優雅に雑草茶を飲む。あまりの渋さに文句を言うかと思っていたが、にっこり微笑んで「おいしいです」と言うばかりであった。

出されたものは、なんでもおいしくいただく。これが育ちのよさなのだろうか。ユースディアは天然記念物でも見たような気になった。

そんな彼に快便に効果のある茶を飲ませてしまい、若干の罪悪感を覚える。

しかし、見目のいい男は、生涯のうちに一度も厠《かわや》になんぞ行かないだろう。そう思っておく。

ただ、何かあったら大変なので、厠は外にあると案内しておいた。

空は依然として、厚い雲が覆っている。風は先ほどよりも強くなり、ガタガタと激しい音を鳴らしていた。

そんな中で、アロイスはユースディアに話しかける。

「あなたは魔法使いなので、お名前を聞くのは失礼に値するのでしょうね」

「よくわかっているじゃない」

魔法使いにとって、名前は重要な呪文のひとつとなりうる。力の強い者に名前を知られたら、支配される可能性もあるのだ。

「名前の一部でいいので、教えていただけますか？」

アロイスはすでに全名を名乗っている。礼儀として、一部でも名乗ったほうがいい流れだろう。

「ディア、よ」

「ディアさん、ですね。なんだか、美しい響きですね」

ドキンと、胸が高鳴る。ユースディアという名は、先代が名付けたものだ。愛を込めて「ディア」と呼んでいたのだ。

こうして名前を呼ばれるのは、十年ぶりである。こそばゆいような、照れくさいような、不思議な気分になってしまった。

雪は次第に激しくなる。この状態では、森を抜けるのは困難だろう。ここで出て行けというほどユースディアは薄情ではない。

窓の外を眺めていたら、アロイスは恐縮するように言った。

「すみません、長居してしまって」

「別に、いいわ。入場料も、いただいていることだし」

アロイスは立ち上がり、椅子にかけていた外套を羽織る。夜になろうとしているのに、帰る気らしい。

「今出て行ったら、魔物に襲われるわよ」

「これでも、騎士ですので」

アロイスは外套の中に、剣を忍ばせていた。ユースティアの想像通り、騎士だったのだ。

「なぜ、公爵様が騎士をしているのよ」

通常、騎士として身を立てるのは、爵位や多くの財産を継承しない、次男以下の男子である。当主が命をかけて騎士をしなければならない理由は、あまりない。

アロイスは目を伏せ、事情を語る。声色は、先ほどよりも落ち込んでいた。

「私はもともと、公爵家の二番目の男子として生を受けました。爵位を授かる予定はなかったので、身を立てるために騎士となったのです」

「ということは、爵位を継いだお兄さんが亡くなったってこと?」

「ええ」

父親に続き、兄までも若くして亡くなっているというのは、家系的な呪いなのか。

気になったものの、アロイスと深く関わるつもりはない。追及はこのあたりで止《や》めておいた。

「まあ、何はともあれ、この吹雪では、私でも森で迷ってしまうわ。ここに泊まっていってはいかが?」

「しかし、女性が独りで住んでいる家に、私が泊まるわけにも……」

アロイスはまたしても、紳士であろうとした。森で遭難し、魔物に襲われるかもしれない状況でも、女性が独りで暮らしているのならば甘えるべきではないという考えらしい。

今どき、こういう男は絶滅危惧種だろう。おとぎ話に登場する騎士のような、清廉潔白さだ。

ユースディアは逆に、面倒くさい男だと思ってしまう。

「あなたね――」

小言を口にしようとした瞬間、大きな衝撃に襲われた。

ドーン！　という天を衝《つ》くような音に加えて、魔女の住み処がガタガタと激しく揺れる。

ユースディアの近くに置かれた棚が、ぐらりと傾いた。

「危ないっ！」

「きゃあ！」

強い力で、腕を引かれる。それと同時に、棚が倒れて並べてあった瓶が雨のように床の上に落下していた。

アロイスがユースディアに覆い被さり、衝撃から守ってくれた。

揺れが収まったころ、声がかけられる。

「大丈夫ですか？」

「え、ええ……」

アロイスがいなければ、ユースディアは今頃棚の下敷きになっていただろう。考えただけで、ゾッとしてしまう。

「その、ありがとう」

「いいえ。間に合って、よかったです」

アロイスはユースディアから離れ、立ち上がる。それだけではなく、手を差し伸べてくれた。

さすが、絶滅危惧種の男。何をするにも、スマートである。

気づけば、いまだ、手が震えていた。その状態で、手を借りるなんて恥ずかしいにもほどがある。

それに、腰が抜けているような。

このままでは、沼池の魔女の名が廃《すた》る。助けの手はいらないと言おうとしたら、アロイスがユースディアの手をぎゅっと握った。そして、腰を支え、立ち上がらせてくれる。

が、心の準備ができていなかったので、体がふらりと傾く。アロイスはユースディアの肩を抱き、支えてくれた。

絶滅危惧種の男は、なんだかとてもいい香りがする。

と、他人の匂いをかいでいる場合ではなかった。いつの間にか、アロイスの胸に抱かれるような体勢となっている。このままではいけないと思ったが、いまだに体が上手く動かない。

ムクムクを呼ぼうとした瞬間、体がふわりと浮いた。

アロイスが、ユースディアを横抱きにして持ち上げたのだ。その後、椅子にゆっくりと下ろしてくれた。

何から何まで、恥ずかしいことだらけだ。住み処が揺れたときも、小娘のような情けない悲鳴をあげてしまった。顔が羞恥で熱くなる。

「先ほどの衝撃は、なんだったのでしょうか？」

ここで、ユースディアは我に返った。絶滅危惧種の男に、ドキドキしている場合ではない。

代々受け継いだ住み処が、大変な状態になっている。

天井から、パラパラと土が降ってきていた。隙間風とは言えないレベルの風も、二階部分からびゅうびゅうと吹き込んでいる。

住み処にかけられた古い結界も、崩壊しているようだった。

おそらく、外の樹が風で折れ、二階部分を突き破ったのだろう。裏手に、ひょろりとした高い木が生えていたのだ。風が強い日はこれでもかとしなり、折れるのも時間の問題だと思っていた。

そんな事情を、しどろもどろに語る。

「ムクムク、ちょっと、外の様子を見てきてちょうだい」

隠れていた黒リスの使い魔はローブのポケットからひょっこり顔を覗かせ、『了解ですう』と言って専用の小さな出入り口から外に出る。

戻ってきたムクムクは、ユースディアの想像通りの報告をしてくれた。

『ご主人！　裏の木が折れて、二階の窓にぶっ刺さっているようです』

「やっぱり、そうだったのね」

額を押さえ、重たいため息を吐く。

「以前から、風が強い日は、イヤな感じにしなっていたのよ」

「なぜ、伐《き》らなかったのですか？」

「森との契約があるの」

森の木々は世界樹と繋がっている。ありとあらゆる生き物の、力の源《みなもと》であるのだ。それを傷つけることは、許されていない。

暖炉《だんろ》や竈《かまど》の火は、すべて魔力を付与させた魔石を使っておこすようにしている。木を伐採し、薪《まき》を得ることは、魔女にとって禁忌《きんき》であったのだ。

「なるほど。森との契約ですか。しかし、このままでは危ないですね」

「ええ」

築二百年の家である。あんな細い木でも、崩壊に繋がるだろう。

「二階を見せていただいても？」

一度も他人が踏み入れるのを許したことのない、私的空間である。普段であれば即答で断ったが、今は緊急事態だ。ユースディアはこくりと頷いた。

すぐさま、二階に案内する。

裏手にある木は、見事にユースディアの寝室の窓を突き破り、寝台だけではなく部屋全体をめちゃくちゃにしていた。

木は二米突《メートル》ほどあるだろうか。ユースディアの部屋を我が物顔で横断しており、腹立たしい気分になった。

外はいまだ吹雪《ふぶ》いているものだから、割れた窓から強い雪と風が吹きこんでいる。

半月前に作った真新しいカーテンは、ズタボロになっていた。

「これは、酷《ひど》いですね」

「最悪だわ」

アロイスは断りを入れてから寝室へと足を踏み入れ、木が突き破った窓の外を覗き見る。

「見事に、折れています」

危惧していたことが、現実となったのだ。ユースディアはがっくりとうな垂れる。

そうこうしている間に、アロイスは木を持ち上げ、外へと押し出そうとしていた。木が動くたびに、家はミシ、ミシと嫌な音を立てている。

このまま崩壊するのではと恐怖を覚えたが、アロイスが木を外に押し投げた瞬間に不安は消えてなくなる。部屋は依然としてめちゃくちゃであるものの、木がなくなっただけでも安堵できた。

「窓を塞ぐので、板と工具一式を、貸していただけますか？」

「え、ええ」

ユースディアが板と工具を貸すと、アロイスは慣れた様子で窓を塞いでくれた。その間、ユースディアは部屋に散らばったガラス片や枝などを片付けて回る。

十分とかからずに、寝室は静寂を取り戻した。ただし、寝台の骨組みは折れ、布団にはガラスや枝が突き刺さっていたが。

「これで大丈夫ですね」

ユースディアは消え入りそうな声で、「ありがとう」と言った。アロイスは、偉ぶることもなく、淡い笑みを返すばかりであった。

「ただ、家は少なからず衝撃を受けているので、心配ですね」

もとより、いつ崩壊してもおかしくないような家である。明日、崩れてしまったとしてもなんら不思議ではない。

だが、ここしか居場所がないユースディアにとって、住み処がなくなるというのは、とてつもなく恐ろしいことであった。

ひとまず、寝室から目を背ける。そろそろ、夕食の準備をしなければならないだろう。昼間からずっと外で働いていたので、空腹状態だった。

せめてもの礼をと思い、ユースディアは提案する。

「夕食はいかが？」

「はい、支払います」

「お金はいらないわよ。修繕《しゅうぜん》のお礼として、食べていってちょうだい。とはいっても、質素な食事しか用意できないけれど」

「お心遣いに、感謝いたします」

アロイスはどこまでも、礼儀正しい男であった。


倒木の衝撃のせいで、台所も酷い状態である。しかし、食品は地面を掘り込んで作った保存庫に隙間なく詰めていた。どれも、無事である。

一方、棚に並べていた素焼きの食器は、床に落ちて割れている。

今日は特別に棚の奥にしまっていた銀器で、アロイスをもてなすことにした。

はてさて、何を作ろうか。ユースディアは腰に手を当て、考える。

二度も助けてもらった以上、予定していた雑草のフルコースを出すわけにはいかない。

ユースディアは、ここぞというときに食べようと思っていた食材に手を付ける。

干し肉を水に浸してやわらかくしたものを使ったスープに、魚の塩漬けグラタン。それから、久しぶりにパンを焼いた。

成人男性がどれだけ食べるかわからないので、いつもよりたくさん焼いておく。

料理を持って居間に戻ると、棚が倒れて散乱状態となった部屋は、きれいになっていた。アロイスが片付けたのだろう。

「あ、すみません。勝手に掃除をしてしまって」

「全部、あなたが？」

「ええ」

何もできないお坊ちゃんかと思っていたが、意外とあれやこれやと働いてくれる。

なんでも、見習い騎士時代に、一通りの雑用はこなしたらしい。先輩騎士に仕え、世話をするうちにいろいろ生きる術《すべ》を習得したようだ。

「掃除や洗濯はもちろんのこと。野営時の炊事や、簡易的な厠掘りも担《にな》っておりました」

「騎士って、意外と大変なのね」

アロイスはそれ以上答えずに、にっこりと微笑む。そして、ユースディアが持っていたパンのかごを受け取り、テーブルに置いてくれた。

「おいしそうなパンですね」

「都会のパンみたいに、ふわふわではないけれど」

「とんでもない。ごちそうですよ」

ユースディアは実に十年ぶりに、誰かと共に食卓を囲んだ。

魔石灯の灯りが、アロイスを照らす。部屋が明るくなるよう改良を重ねた光が、アロイスの美貌をこれでもかとばかりに際立たせていた。

暗いほうの魔石灯を使えばよかったと、ユースディアは後悔する。さすがの彼女も、光り輝く美貌を前に食事が進むほど、図太いわけではなかった。

贅沢な食事を毎日食べているアロイスにとって、ユースディアの手料理なんて粗食だろう。それなのに、文句のひとつも言わずにきれいに食べてくれた。

「心のこもった料理を、ありがとうございました」

「ごめんなさいね、こんな物しか用意できなくて」

これまでは月に一度、村の御用聞きが食材を用意してくれた。しかし、今はもう、姿を現すことはない。それゆえに、ユースディアの食生活は貧相になる一方だったのだ。

今晩の食事も、普段雑草を食べているユースディアからしたらかなりのごちそうである。

「どうか、謙遜なさらないでください。どの料理にも、私をもてなす温かい気持ちが、溶け込んでいました。そのすべてが、ごちそうです」

きっと、ユースディアが雑草をただ煮込んだだけのスープでも、同様の言葉を口にするのだろう。この辺は育ちというよりも、アロイス自身の人間力のなせる業《わざ》なのか。

光り輝く微笑みを前に、ユースディアは「うわ、眩《まぶ》しっ」と目を細めるばかりであった。

やがて森は暗闇に包まれたが、そんな状況でも、アロイスは出て行こうとした。

ユースディアは信じられない気持ちで、彼を引き留める。

「だから、この時間に外に出たら、魔物に殺されるって言っているでしょうが！」

腕を引いて止めようとしたが、びくともしない。細身の優男にしか見えないが、意外と筋肉質なのだろうか。とにかく、力任せに引き留めるのは無理だった。

「ディアさん」

ユースディアの名を呼び、これまでになく圧のある眼差しを向けてくる。おかげで、構えてしまった。

「な、何よ」

「あなたは、他の男性にも、このように親切にするのでしょうか？」

「するわけないでしょう？　ただ、あなたみたいな究極のお人好しが、吹雪の森で迷った挙げ句、魔物に食い殺されたりしたら、寝覚めが悪くなるだけよ」

もし訪問してきたのが中年男性でも、アロイスと同じく究極のお人好しであれば、一晩泊めていただろう。顔がいいとか、育ちがよく金を持っているからとか、他意はまったくない。

「お人好しなのは、ディアさんのほうですよ」

「私はお人好しなんかじゃないわ。誰もが恐れる、沼池の魔女よ」

胸を張って答えたが、アロイスはポカンとした表情でユースディアを見るばかりであった。

「っていうか、あなた、私のことを誰から聞いたのよ」

「乳母からです。困ったときは、辺境の森に住む、沼池の魔女を頼ればいいと。代々、善き魔女が住んでいて、力を貸してくれるはずだ、というお話を幼い頃に聞いたことがありまして」

その話を頼りに、アロイスはこの地を訪れたようだ。

「ひとつ修正するけれど、沼池の魔女は、善き魔女ではないわ」

そんな噂話が伝わっていたとは、心外である。

「しかし、村の工事をしていた者達の話でも、沼池の魔女は配慮が行き届いた、善人であると」

「なんて噂話が流れているのよ……」

思わず、頭を抱え込んでしまう。

古くから、魔女は恐れられ、人々から一歩引いた場所で世の中を静観している神秘的な存在だ。

それなのに沼池の魔女のイメージは、近所に住む親切なおばさん魔女である。

先代とユースディアはクールな態度で接していたつもりだったが、村人には伝わっていなかったようだ。

どうしてこうなったのか。天国にいる先代に問いかけても、答えてはくれない。

ふと思う。ユースディアの性格は、誰に似たのだろうか。親兄弟に、このような者はいない。

家族について考えると、今でも胸が締めつけられるように痛む。

かつて、凍え死ぬような北の大地で、ユースディアは捨てられた。

幼いころよりガリガリで、体力がなく、農作業も一人前にできなかったからだ。

食い扶持《ぶち》すら稼げない娘は家に置いてもらえず、あっさり関係を断ち切られた。

そんなユースディアに、先代は手を差し伸べてくれたのだ。

たしかに、先代はお人好しで、善き魔女だったのかもしれない。

けれど、ユースディアは違う。

金が大好きなごうつくばりで、困っている村人にも、等しく金をせびっていた。

人の善さだけは、先代から継承できなかったのだろう。

そう思っていたが、アロイスは異なる見方をしていた。

「乳母が話していた通り、ディアさんは優しくて、心が温かい、善き魔女でした」

「は!?」

今日一日で、さんざん金をむしり取られた自覚はないのか。信じがたい気持ちになる。

振り絞って出た言葉は、「あなた、疲れているのよ」だった。

「いろいろ言っていないで、もう休みなさい。布団は、先代が使っていた古いものしかないけれど」

ユースディアの申し出に、アロイスは深々と頭を下げる。

「お言葉に甘えて、一晩、ここに泊まらせていただきます。見張りに、巨大トカゲを置いていって
もかまいませんので」

「……」

巨大トカゲなんて、恐ろしくて使役できるわけないだろう。見張りには、ムクムクを置いておく。

ひとまず、アロイスと別れ、二階へ駆け上がる。

風呂に入り、心を落ち着かせることにした。

二階にある風呂は、沼池の魔女の自慢であった。

なめらかな磁器の浴槽に、火と水の魔石を使って湯を沸かす。春に作った花の入浴剤を入れて、足先からゆっくりと湯に浸かった。

「あ〰〰〰〰〰……」

温かい湯が、疲れた体に沁み渡る。風呂は、ユースディアにとって唯一の楽しみであった。

ただ、このように湯に浸かるのは、週に一度あればいいほうである。魔石は無限にあるわけではない。そのため、普段は桶に湯を張って、ちびちびと体を洗う程度なのだ。

今日はアロイスがやってきたので、とびきり疲れていた。このまま寝台へ潜り込んだら、泥のように眠れるだろう。

ふと、寝室の状態を思い出す。布団には割れたガラスや木の枝がこれでもかと刺さっていた。すぐに布団へ飛び込んで、眠れるような状態ではない。

「最悪」

風呂上がりに、もうひと仕事しなければいけないようだ。


翌朝――ユースディアは外から聞こえる小鳥のさえずりで目を覚ます。

『ここの枯れ魔女、昨日、男を連れ込んだらしいわ』

『やっと女に目覚めたのかしら。潤っているといいわねえ』

『それはどうかしら？　金にがめつい枯れ魔女だから、価値のない体に金銭を要求したりして』

『やだー！』

窓を開いて「誰が枯れ魔女じゃい‼」と怒りたかった。だが、あいにく窓には板が当てられて、釘が打ち込まれていた。

ひとまず、お喋《しゃべ》りな小鳥は板をどんどん叩いて追い払う。

昨晩はぐっすり眠ったので、目覚めはまあまあいい。しかし、一階にアロイスがいるのを思い出して、途端に憂鬱《ゆううつ》になった。

「はあ」

ため息をひとつ零し、何もかも現実だと受け止め、身支度を始める。

風呂場に設置した洗面所で、鏡に映った自らの顔を覗き込む。

目の下にくっきりあるくまは、どれだけ肌の手入れをしても消えやしない。毎日夜更かししているので、一生このままなのだろう。闇魔法使いらしい特徴である。

くまの上にある瞳は、湿った場所に生える苔《こけ》のような緑色をしていた。これも、相変わらず。子どものときは新緑のようにきれいだ、なんて言われていた。家族に捨てられた瞬間に、新緑色の瞳も濁ってしまったのかもしれない。

首筋にかかる程度に切りそろえられた黒い髪だけは、ツヤツヤである。

普通、魔法使いは長い髪を自慢とする。というのも、髪は魔力の通り道なのだ。大地と髪が近づくことにより、多くの魔力を自身に引き入れることを可能とする。

しかし闇魔法使いは、それを必要としない。魔力は、夜になれば豊富にあり、それを取り込めるから。

それに長い髪は手入れが大変なので、ユースディアはいつもこの長さに揃えている。

顔を洗い、歯を磨いて、自慢の黒髪には丁寧に櫛《くし》を入れた。寝間着代わりの古いローブを脱ぎ捨て、冬用のローブを着込む。

深々と頭巾《ずきん》を被ったら、身支度は整った。

本日二度目のため息を零してから、一階へと下りる。

「おはようございます」

アロイスは、日の出よりも明るい笑顔で挨拶してきた。

「朝から目が潰れる」

ユースディアの発言に、小首を傾げている。それすら、様《さま》になるのだから、神はこの見目麗《うるわ》しい青年に、二物も三物も与えたのだなとしみじみ思ってしまった。

「あの、身支度を行うために、台所の水を少々いただいてしまいました。代金はお支払いします」

差し出された銀貨を、ユースディアは受け取った。別に、常識の範囲であれば無償で使ってよかったのだが、くれる金はありがたくいただく。

青年の美貌は、風呂に入らずとも輝いていた。が、よくよく見たら、アロイスの顎に切り傷が入っていた。

「顎、どうしたの?」

「ナイフで髭を剃っていたら、うっかり切ってしまいまして」

見目のいい男は髭なんて生えないだろうと思ったが、何も生えていなければナイフなんて当てないだろう。不思議な生態の生き物だと考えながら、昨日割れた瓶の山から軟膏を拾い上げる。

瓶にヒビが入っているだけで、中身は無事だ。

「これ、傷薬よ。使ったら？」

「おいくらなのでしょうか？」

「いいわよ、そんなの。床に落としてしまったから、どうせ売り物にはならないわ」

アロイスの手に傷薬を押しつけ、ユースディアは台所を目指す。

ムクムクが木の実を囓《かじ》っていたので、昨晩の様子を聞き出した。

「あの人、どうだった？」

『めちゃくちゃ礼儀正しかったですよお。リス相手に、頭を下げておやすみなさいとか言ってましたもん』

「そう」

小動物の前では侮《あなど》って、態度を変える者もいる。しかしアロイスは、ムクムクにも敬意を示すような態度だったらしい。

『ご主人、結婚話を、受けたらどうですか？』

「は!? なんで私が、あの男と結婚しなければならないのよ」

『だって、もうここに村人はやってこないですし、家は今にも崩壊しそうですし』

ムクムクの言葉はド正論である。しかし、長年ひとりでやってきたという、ユースディアの矜持《きょうじ》が結婚を許さなかったのだ。

『このまま、ひとりで朽《く》ちていくのですかあ？』

「ええ。そうなるのが、沼池の魔女に相応《ふさわ》しいでしょう？」

『かわいそう！　ご主人、かわいそうですう！』

「うるさいわね、毛むくじゃら！　それ以上無駄口を叩いたら、リス団子にして鍋にするわよ！」

『ひえええええ！』

ユースディアのドスの利いた脅しに、ムクムクがガクブル震えながら物陰に隠れた。

木の実を忘れていると差し出しても、『太らせて、食べる気なんですかあ⁉』という悲愴感漂う声が返ってくる。

「あなた雑食だから、すこぶるまずそうだわ。リス団子にする価値すらないわよ」

『それはそれで、酷いですう〰〰！』

よくわからない、ムクムクの心情であった。

アロイスと静かに朝食を食べる。

窓からは、太陽の光がこれでもかとばかりに差し込んでいた。昨日の暴風雪が、嘘のようだった。

「それにしても、今日は天気がいいですね。清々しい朝です」

「そうね」

太陽光を背後から浴びて微笑むアロイスは、とてつもなく美しい。まるで、後光が差した大天使のようだった。

「宗教画か！」

「はい？」

「なんでもないわ」

宗教画に描かれていそうな美貌の男と共に、朝食を食べる。

「ディアさん、傷薬、ありがとうございました。おかげさまで、完治しました」

「そう、よかったわね」

アロイスの美貌は財産である。傷つけることなど、あってはならないのだ。

「このように素晴らしい薬をいただけるのであれば、皆、あなたを深く信頼し、森に通い詰めていたことでしょうね」

「どうだか」

村人とユースディアの関係は、双方に利益が生じるから続いていた。それだけである。

「情なんて、なかったわよ」

「しかし、どうしても金の工面ができないときは、野菜と交換で薬をもらった、などという噂も聞きましたが」

「そ、その時は、野菜が欲しかったのよ！　どうせ、報酬を手にしても、野菜を買うだけだし、お金をもらったのも同然だったわ」

ていたらしい。

アロイスは、村で工事をしている作業者からユースティアについて予想以上にあれこれ話を聞いていたらしい。

作業者は森に住む魔女を恐れていたようだが、村人から「あそこの魔女さんは親切な人だよ。まったく怖くない」などという説明を受けていたようだ。

ユースティアは明後日《あさって》の方向を見る。

これまで村人に対し、沼池の魔女は世にも残酷で恐ろしい存在、という印象を与えているつもりだった。それが先代同様に失敗していたという事実を、改めて思い知ってしまう。

半ば放心状態のまま、朝食を食べ終えた。

昨日の晩と同じく、アロイスはユースティアへの感謝の言葉と金を忘れなかった。

そして、別れの時間がやってくる。

今後、二度とこのレベルの美貌の男には出会えないだろう。ユースティアはこれで最後だと思い、遠慮なく見つめる。

「――を、考えて、いただけたでしょうか？」

顔に見蕩れるあまり、話をまったく聞いていなかった。なんだって？　と耳に手を当てて聞き返す。

「私との結婚を、考えていただけたかなと、思いまして」

「あー。なんか、言っていたわね」

まさか本気だと思わなかったので、聞き流していたのだ。

「ここで長い時間を過ごさせていただきまして、改めてディアさんを妻に迎えたいと思いました」

アロイスの瞳は、光り輝いていた。自棄《やけ》っぱちになって、ユースディアを妻に迎えようとしているようには見えない。

「あなた、公爵様でしょう？　魔女を一族に加えたら、大変な騒ぎになるわよ」

「そんなことありません。我が家は魔法使いの家系です。魔法に心得がある者は、歓迎されるかと」

「それが、闇魔法使いでも？」

「闇魔法の、何が問題なのでしょうか？」

「いや、いろいろあるでしょうよ」

闇魔法の始祖の汚名は、歴史を研究する者の努力によって払拭された。けれど、闇魔法を悪用していた者の悪評は、いまだ根強く残っている。

闇魔法の評判は、現代においても悪いままというのが現状だった。

「光でも、闇でも、魔法は魔法です。属性など、特に気にしておりません」

キッパリと、アロイスは断言した。

彼の言葉は、何度も何度も、ユースディアの心にある澱《おり》を洗い流してくれる。美しく澄んだ、湖のような心を持っているからだろう。

しかしながら、ユースディア自身は泥の池でしか生きられない魚のようなものだ。澱《よど》みのない湖の中では、呼吸すらままならないだろう。まさしく、生きる世界が違うというやつだ。

「ディアさん。あなたは、私みたいな者とは、結婚できないのでしょうか？」

「なんでそうなるのよ」

逆だ。アロイスのほうが、ユースディアみたいな女とは結婚できない男なのだろう。どこまで心が澄み切っているのか。ユースディアは頭を抱え込んでしまう。

「そもそも、どうして今まで独身だったの？」

「兄が死ぬまでは、結婚を考えておりませんでした」

「どうして？」

「これでも王太子付きの騎士でありますので、近づく者は私を利用しようと目論む者ばかりでした。結婚も、おのずと政治色が濃くなってしまう」

公平な立場である王太子付きであり続けるには、派閥に所属する者の娘を娶《めと》るわけにはいかなかったという。

「兄が生きているころは、家族もその姿勢に賛成しておりました。しかし、爵位を継いだあとはそうもいかず……」

日々、結婚しろと責められる毎日を送っていたらしい。けれど、王太子付きの騎士を辞めたわけではないので、結婚相手は慎重に選ぶ必要があった。

「そんな中で、私の呪いが発覚したのですから、母は寝込んでしまって……」

「それはお気の毒に」

「ディアさんを連れ帰ったら、元気になるかもしれません」

「いや、止《とど》めを刺す可能性が大なんだけれど……」

「そんなことないですよ。母は、もう誰でもいいから、結婚してくれと言うくらいでしたので」

「いや、誰でもいいっていうのに、魔女は含まれていないと思うけれど……」

じっと、アロイスを見る。実に曇りのない純粋な笑みを浮かべつつ、ユースディアを見つめていた。冗談を言っているようには見えない。本気で、結婚を申し込んでいるのだ。

昨日の夕方から今日の朝までアロイスと過ごして思ったのは、彼は実に紳士で好青年であるということ。穏やかな性格で、ユースディアを女だからと見下さない。闇魔法を使う魔女であるにもかかわらず、尊敬していると言った。

結婚しても、妻としての役割は果たさなくていい。公爵家は、兄の子どもが継ぐ予定らしい。

半年後、彼が呪いで亡くなったら、ユースディアが遊んで暮らせるほどの財産をくれるという。

奇跡のような条件である。

ただ、ここまで聞いても、ユースディアはいまだ警戒の念を緩めなかった。

「条件がよすぎて、本当に怪しいわね」

「では、血の契約をしましょう」

アロイスはナイフを取り出し、迷うことなく手のひらを切りつけた。

赤い切り傷が走り、血が珠《たま》のようにぽつぽつと浮かんでくる。

「私は、あなたを、絶対に裏切りません」

誓いを口にしたあと、ユースディアがアロイスの血を舐めたら、契約は完了する。

傷は思っていた以上に深かったようだ。滲んだ血が、涙を流すようにツーと流れていく。

どうしよう、どうしよう、どうしよう。

ユースディアはいまだ、迷っていた。

これまで暮らした住み処を、森を、あっさり捨てられるわけがないのだ。ここでもう、金稼ぎができなくなったとしても。

雪降る晩に捨てられ、かじかむ手にはーはーと息を吹きかけるしかない記憶が残るユースディアにとって、ここは楽園といってもよかった。

一歩下がり、アロイスを見る。

彼は吸い込まれそうなくらい強い目を、ユースディアに向けていた。

「ありとあらゆるものから、あなたを守ります。だから――私と、結婚してください」

血が、手から滴り落ちそうになっていた。

ユースディアは駆けよって、アロイスの手のひらに唇を寄せ、血をペロリと舐める。その瞬間、パチンと、音が鳴る。

アロイスの手のひらに、魔法陣が刻まれた。

「これで、契約は完了ですね」

アロイスはこれまで見せた中で、一番美しい微笑みを浮かべている。

ユースディアは契約主となったのに、なぜか底なし沼に沈められたような気になってしまった。

――道を、誤ってしまったか？

天国にいる先代へ問いかけたが、当然ながら答えは聞こえてこなかった。

# 第二章　沼池の魔女は、美貌の男と結婚する

アロイスは四頭立ての馬車で、王都からここまで来ていたようだ。

森では徒歩だったようだが、ピクニックのようで楽しかったという。

一応、ユースディアが住む森はフォレ・ウルフの森と呼ばれ、夜は魔物の動きが活発になる。村人でさえ、昼間でも近寄りたくないとぼやくほどだ。そんな森を、ピクニック気分で歩いていたとは。

ユースディアとの結婚を望んだことといい、血の契約をためらうことなく持ち出した件といい、大物だとしみじみ思ってしまう。

そんなアロイスと共に、ユースディアは王都を目指す。

荷物は鞄ひとつだけ。これまで貯めた財産と着替え、ちょっとした魔法道具と素材、それから先代との思い出が詰まった覚え書きが一冊あるばかりだ。

アロイスは従者のひとりでも連れてきているのかと思いきや、御者《ぎょしゃ》がふたりいるばかりであった。身の回りのことは自分でできるので、不要らしい。

アロイスは丁寧に、ムクムクにまで馬車の席を勧めていた。一晩共に過ごしたからか、ユースデ

ィアよりも打ち解けているように感じる。

剣の柄《つか》をコンコンと二回天井へ打ち付けると、馬車は走り始めた。

「王都にたどり着いてすぐは、しばらくバタバタするかもしれません。なるべく、早い段階でゆっくり過ごせるよう屋敷の者には命じますが」

平民の、しかも魔女を妻に連れて帰ったとなれば、とんでもない騒ぎになるだろう。アロイスはユースディアをありとあらゆるものから守ると誓った。だが、完全に守るというのは困難なはずだ。

心を強く持たないといけない。たった半年の我慢で、遊んで暮らせるようになるのだ。

手に入るのは財産だけではない。領地にある別荘も、譲ってくれるという。

アロイスに想いを寄せる貴族令嬢にいじわるを言われるかもしれない。けれど、小娘の考えつくことだ。この、沼池の魔女であるユースディアが恐れるに足りないだろう。

「何か、他にご要望があれば、可能な限り叶えますので」

要望と聞いて、すぐにピンとくる。すぐさま、アロイスに告げた。

「貴族がやっているような、盛大な結婚式はしたくないわ」

先代が貸してくれたロマンス小説のラストは、かならず大勢の人々に囲まれて結婚式を執り行うシーンになっている。あのように、見知らぬ人々の前でさらし者にされるなど、まっぴらごめんだ。

「承知いたしました。では、次に立ち寄った街で、神父様から祝福を受けましょう」

「いいの？」

「ええ。私も、大勢の人の前に立つのは苦手ですので」

アロイスは眉尻を下げ、憂いの表情で言う。美貌のせいで、これまでさまざまな苦労をしたのだろう。美しいというのは、罪なのだ。

「他に、何かありますか？」

「私が魔女だというのも、秘密にしておいて」

「わかりました。ではまず、夫婦となることが先決ですね」

アロイスは笑顔で宣言する。王都であれこれ言われる前に、手っ取り早く結婚式を挙げてしまおうと。

そんなわけで、ユースディアとアロイスの結婚は、誰もいない礼拝堂でしんみりと行われる。

天使のようなアロイスと、悪魔のような黒衣のユースディアの結婚は異様なのだろう。誓いの言葉を読み上げる神父の表情が、若干引きつっていた。

ユースディアは気にしたら負けだと思い、明後日の方向を向いた。

祭壇の前に立った神父が、お決まりの言葉を問いかけてくる。

「えー……汝《なんじ》、病《や》めるときも、健《すこ》やかなるときも、富めるときも、貧しきときも、隣に立つ者を妻とし、愛し、敬い、慈しむことを、誓いますか？」

「誓います」

アロイスは迷うことなく、神父の言葉に誓った。

一方で、ユースディアはといえば――。

「あー……汝、病めるときも、健やかなるときも、富めるときも、貧しきときも、隣に立つ者を夫とし、愛し、敬い、慈しむことを、誓いますか？」

「……」

本当に、この男と結婚していいのか。

礼拝堂の祭壇の前に立ってなお、自問していた。

返事がないので、神父はもう一度誓いの言葉を読み上げる。

「んー……汝、病めるときも、健やかなるときも、富めるときも、貧しきときも、隣に立つ者を夫とし、愛し、敬い、慈しむことを、誓いますか？」

もう少しだけ、考える時間がほしい。そんなことを考えていたら、アロイスから肩をポンと叩かれる。

「ディアさん、誓いますよね？」

「あっ――はい」

アロイスの美貌が眼前に迫り、思考はどこかへと飛んで行ってしまった。反射的に、返事をしてしまう。

最後に誓いの口づけをするのだが、ユースディアは「それは省略！」と叫ぶ。

神父は困った表情をしていたが、アロイスが「省略でお願いします」と重ねて言ったので、希望通り誓いの口づけはなしの方向で進む。

「えー、では、はい。儀式を、続けますね」

神父は両手を掲げつつ、誰もいない礼拝堂で宣言した。

「今、この瞬間に、お二人は夫婦として認められました！　おめでとうございます！」

「ありがとうございます」

アロイスが感謝の気持ちを述べたのと同時に、ユースディアはハッと我に返った。

結婚を断る最後の瞬間だったのに、アロイスの美貌に押し負けて承諾してしまったのだ。

ユースディアはひとり、頭を抱え込んでしまった。

◇◇◇

人妻となったユースディアは、王都にたどり着いてしまう。

どこまでも石畳が敷き詰められた街は、多くの人々が行き来していた。

「すごい人ね」

「今は社交期なので、人が多いのです」

社交期というのは雪降る季節から初夏まで続く、貴族が社交を行う期間である。地方に領土を持つ貴族が王都のタウンハウスに住まいを移し、夜会や舞踏会に参加するという。

「我が公爵家は代々王族に仕えておりますので、王都にある家が本邸となります」

「そうなのね」

地方にある領地には、避暑や保養目的で足を運ぶらしい。最近では、叔父に管理を任せ、ほとんど訪れていないという。

「具合を悪くしているっていう母親は、領地で療養しなかったの？」

「ええ。おそらくですが、本当に具合が悪いというわけではなく、なかなか結婚しない私への抗議の意味があるのかと」

「それは大変ね」

アロイスの母親は、一筋縄ではいかない人物なのだろう。これから会うのが、憂鬱になってしまった。

「母は昔ながらの人間で、その、少々口うるさいかもしれません。ですがおそらく、根は悪い人ではないので」

アロイスは遠い目をしつつ、切なげな表情で語る。彼の母親が一筋縄でいく人物ではないというのが、ヒシヒシと伝わってきた。

不安しかない。

ロマンスものの定番で、姑にいじわるをされて枕を涙で濡らすヒロインを思い出してしまった。そういう場合、たいてい夫となった男は、母親大好き《マザコン》。何かトラブルが起きても、ヒロインを助けてはくれないのだ。

アロイスが、母親に声を荒らげて注意する様子なんて想像できない。ユースディアがいびられても、にこにこしていそうだ。まだ見ぬ結婚生活だが、不安しかなかった。

王都の街は、華やかである。女性は美しく色鮮やかなドレスを纏い、楽しそうに歩いていた。男性は皺《しわ》ひとつないフロックコートを纏い、手にはステッキを持って優雅に闊歩している。

ぼんやり窓の外を眺めていたら、突然景色が止まった。馬車が停止したようである。

乗り寄せられたのは、ショーケースに深紅のドレスが飾られた店だ。

「ここで、ディアの服を揃えましょう」

結婚の祝福を受けてから、アロイスはユースティアを「ディア」と呼び捨てにするようになった。なんとなく、気恥ずかしくなる。本当に結婚したのだと、実感してしまった。

店内に入ると、店員の女性達はアロイスを見て頬を染めた。だが、次なる瞬間には、全身黒衣のユースティアに気づいてギョッとする。

「あの、その、いらっしゃいませ」

引きつった表情で、店員は会釈した。魔女たる証である黒衣の装いは、王都では奇抜過ぎるのだろう。

それにアロイスの母親の具合を、これ以上悪くしないためにも、ドレスは必要なのかもしれない。

ユースティアは大人しく従うばかりだ。

というのは建前で、実はロマンス小説の挿絵にあるようなドレスに憧れがあった。内心ワクワクしつつ、陳列されたドレスを見つめる。

店内には、トルソーに着せた美しいドレスが並べられていた。奥のテーブルに置かれた、山のように積み上がった箱は予約分のドレスなのか。

極彩色の羽がついた帽子や、田園風景が描かれた扇など、ドレス以外に小物も扱っているようだった。

「本日は、何をお探しでしょうか？」

「妻のドレスを、いくつか選んでいただけますか？」

「承知いたしました」

社交期に合わせて、既製品のドレスを大量に入荷しているらしい。女性の平均よりも上背のあるユースディアに合うドレスも、数着あった。

他に、帽子や髪飾り、靴にいたるまで、一式を揃えてくれた。

「では、ドレスの着付けと、髪結い、化粧をお願いできますか？」

「かしこまりました」

ムクムクはアロイスが預かってくれるらしい。ユースディアの腕にしがみついていたムクムクを、優しく引き剝がして肩に乗せていた。

ユースディアの黒衣と同化していたので、従業員は黒リスを見て驚いていた。

「では、またあとで」

アロイスは笑みを浮かべつつ、「近くにある喫茶店で待っていますので、どうかごゆっくり」と耳元で囁いてから出て行った。

突然の耳打ちに照れていると、店員達がすさまじい剣幕で問いかけてくる。

「奥様！　旦那様は、王太子殿下にお仕えしている、アロイス様ではありませんか⁉」

「そうだけれど」

「ご、ご結婚、されたのですね」

「ええ、まあ……」

その場に蹲《うずくま》る者、涙を流す者、頭を抱える者と、さまざまだった。

なんでも、アロイスは〝社交界の氷砂糖〟と呼ばれていたようだ。

「こ、氷砂糖？」

なんだ、それは。という言葉を、ユースディアはごくんと呑み込んだ。

「蜂蜜のように甘い容貌なのに、周囲には氷のように冷たいんです。そのギャップが、たまらないって、社交界で噂になっておりまして」

「へ、へえ」

これまで甘い対応をされるばかりで、氷のような態度は一度もなかった。イマイチピンとこないふたつ名である。ユースディアは魔女なので、愛想よく接したのだろうか。よくわからない。

「アロイス様に、冷たい目で見つめられたいっていう女性が、大勢いるのですよ」

社交界の女性だけではなく、街の女性陣からも絶大な人気を博しているらしい。

三年前、王太子の結婚式のパレードで、白馬に跨《また》がった姿が人々を魅了したと。

独身主義者という噂もあったようで、それゆえ店員達はこのように衝撃を受けて泣き崩れているようだ。

「ほら、みなさん。何をしているのですか。口ではなく、手を動かしてください」

貫禄のある店員が手をパンパンと叩き、ユースディアにドレスを着せるよう促す。

「で、では、奥様、奥の部屋へどうぞ」

「ええ」

他人に肌を見せるのは抵抗があるが、従うほかない。

体の一部のように馴染んでいた頭巾も、外されてしまう。

「まあ！　なんて艶やかで、サラサラとした美しい髪でしょう！」

「でも、短いわね」

「編み込みにして、後頭部に髪飾りを付けたら、それっぽく見えるわよ」

「それもそうね」

まずは服を脱がされ、ドレス用の矯正下着を身に纏う。ロマンス小説でよく見る、コルセットと呼ばれる鯨《くじら》の骨が入った下着だ。

「奥様、驚くほど、痩せていらっしゃいますね」

「普段、どのような食生活を？」

雑草を中心に食《は》んでいたとは、とても言えない。

「コルセットは、そこまで締めなくてもいいわね」

「そうね」

コルセットをぎゅうぎゅうに締められる、おなじみのシーンは味わえないようだ。

続いて、このままの恰好で化粧を行うらしい。

これまでは先代から製法を習った、自作の化粧品を愛用していた。市販品を使うのは、初めてである。

薔薇《ばら》の香料が入った白粉《おしろい》は、うっとりするほどいい香りだった。パレットに置かれた口紅も、色鮮やか。

「少々目元が鋭いので、アイラインを下に流して、優しい目元を作りますね」

化粧の技術で、顔の印象もやわらかくできるらしい。魔女らしくはないものの、悪くないとユースディアは鏡を前に思った。

「では、次はドレスに着替えていただきます」

ここで、問題が浮上した。

「よいしょ、よいしょ、と。んんっ！　なかなか、上がらないわね」

「胸の辺りが、ぱつんぱつんになっているわ」

「このままだと、背中のボタンがしまらないわよ」

胸が大きく、既製品のドレスが入らないらしい。急遽、胸を潰してドレスを纏うこととなった。

着替えが済んだら、髪結いが行われる。先ほど話していたように、髪を編み込んで後頭部はリボンで留める。そうすれば、短い髪も気にならない。

全身を映す姿見に映ったユースディアは、貴婦人のようだった。

「これが、私⁉」

ユースディアはお決まりの台詞《せりふ》で感嘆してしまった。信じがたい気持ちで、なおも姿見を覗き込む。

永久に消えないのではと思っていたクマも、化粧できれいさっぱり消えていた。いつも鏡に映っていた、野暮《やぼ》ったい女の姿はない。

「あの、ありがとう！」

身支度をしてくれた従業員を振り返り、感謝の気持ちを伝える。すると、彼女らも笑顔になった。

気分よく店を出ようとしたところで、店内に客がいることに気づく。キャラメル色の髪を縦に巻いた、アンバーの瞳が印象的な、十二、三歳くらいの美しい少女である。黒を基調としたドレスを纏っていた。これが王都の流行なのだろうか。

目が合った瞬間、探るような視線を向けられた。

「ごきげんよう」

ロマンス小説でよく見る、貴族のお嬢様の挨拶をしてくれた。ユースディアも同じように、膝を軽く折って応じる。

少女は近くにいた従業員に、質問していた。

「こちらのご婦人は、どなたですの？」

「アスカニア公爵の、奥方ですよ」

「は⁉」

信じがたい、という表情で少女はユースディアを見る。

「アロイス様が結婚って、嘘《うそ》ですわ‼」

「いえ、アロイス様のほうから、この女性が妻だ、と」

「そんな……！」

彼女も、アロイスに想いを寄せる者のひとりだったのだろう。この先も、こういう場面があるのかもしれない。

だいたい、こういうときは堂々としていればいいのだ。むやみに下手《したて》に出たり、へりくだった態度を取ったりしていたら、相手に舐められるのだ。ユースディアが昔読んだロマンス小説に、そう書いてあった。

「あなた、アロイス様をたぶらかしたのでしょう?」

「何のこと? 心当たりがまったくないわ」

「あの御方は天使みたいだから、騙されてしまわれたの!」

その件に関しては、頷きそうになる。アロイスは天真爛漫という言葉を擬人化したような、穢《けが》れを知らぬ男であった。

ただ、気になるのは、〝社交界の氷砂糖〟と呼ばれていたのに、彼女には天使のような優しさを見せていた件である。

「あなただって、テレージア様に追い出されて終わりですわ」

「テレージア様?」

「アロイス様の、お母様ですわよ」

現在、寝込んでいるというアロイスの母には、ある武勇伝があったらしい。

「テレージア様は、嫁いびりが得意ですのよ!」

「へえ……」

なんとか返事をしたものの、白目を剝きそうになった。嫁いびりが得意な姑とこれから同居するなんて、気が遠くなりそうになる。

少女曰《いわ》く、公爵家には亡くなったアロイスの兄の嫁フリーダも同居していた。

以前からテレージアとフリーダは不仲であった。だが、その仲の悪さはアロイスの兄の死により加速する。テレージアは夫が亡くなって傷心の身だったフリーダを、徹底的に排除したのだという。本邸から追い出し、屋敷の裏手にある離れに住むように仕向けたようだ。

「あなたも、テレージア様に追い出されないように、お気をつけくださいまし」

そんないじわるを言うので、ユースディアは反射的に言葉を返した。

「忠告、親切にありがとう」

少女は悔しそうに顔を歪め、踵《きびす》を返す。背中を向けつつ「ごきげんよう！」と言って店から去って行った。

勝った、という認識でいいのか。はーっと深いため息をつく。

「ねえ、さっきのお嬢様は、どこのどなた？」

「レーニッシュ侯爵家のお嬢様です」

「そう、ありがとう」

アロイスの実家の内情に詳しいことから、親しい付き合いをしている家の娘なのだろう。きっと、彼女との縁は今日が最初で最後ではない。あの対応は正解だったのか。今は、わからない。

「奥様、アロイス様は向かいにある喫茶店〝コマドリ〟でお待ちです」

「ありがとう」

きっとドレスや帽子の支払いの手続きはアロイスがしてくれたのだろう。貴族は金を持ち歩かず、家のほうに請求するのだと、ロマンス小説で読んだことがあった。

金を払わずに店を出る行為は、なんだかドキドキする。

ぶら下がった鐘がカランと鳴り、パタンと音を立てて扉が閉じる。一歩、外に出ても、従業員は「金を払え！」と言って追いかけてはこなかった。

ホッと安堵したのもつかの間のこと。肩にムクムクを乗せたアロイスが、小走りでこちらにやってきた。

「お待たせしました！」

待たせていたのは、ユースディアである。おかしな男だと、笑ってしまった。

「おきれいです」

ドレスのことかと思い、そうだろうと誇らしげな気持ちでドレスの裾を摘んだ。

「黒衣の装いをするディアも、すてきでしたが」

その一言で、きれいという言葉がユースディア自身を褒めたものだと気づいてしまった。盛大に照れてしまったのは、言うまでもない。

馬車に乗り込み、公爵邸を目指す。

アロイスはムクムクを肩に乗せたままだが、いいのか。何も言わないので、放っておく。

「そういえば、レーニッシュ侯爵家のお嬢様に会ったわ」

「ああ、リリィですか」

妹のように、可愛《かわい》がっているらしい。遠い血縁関係にあり、幼少期から付き合いがあるようだ。

「生意気盛りで、ディアに失礼なことを言いませんでした？」

「まあ、いろいろと」

アロイスはしょんぼりしながら、「申し訳ありませんでした」と本人に代わって謝罪する。

「別に、正直にいろいろ言うのは構わないわよ」

逆に、表面上は友好的に接するのに、裏で悪口を言うタイプのほうが苦手だ。

個人的に、悪口は本人の前で言うのが大正義だとユースディアは思っている。

先ほどのことはそこまで気にしていないので、今回に限っては本人に注意しなくていいと言っておく。

そんな会話をしているうちに、公爵邸に到着したようだ。貴族の瀟洒《しょうしゃ》なタウンハウスが並ぶ中に、カントリーハウスかと見まがうほどの大きな屋敷が見えてきた。

「あちらが、実家です」

「は、はあ」

青い屋根に純白のレンガが積まれた、豪壮《ごうそう》な屋敷である。街中に建つ屋敷であるが、噴水や温室のある広い庭に囲まれていた。

とんでもない規模に呆然としているうちに、玄関前に馬車が到着する。

先にアロイスが降りて、ユースディアに手を貸してくれた。

森から王都に来るまでに何度もしてもらったが、何回されても慣れずにドギマギしてしまう。

使用人の手によって、扉が開かれた。

「旦那様、お帰りなさいませ」

家令らしき初老の男性は、恭《うやうや》しく頭を下げる。ずらりと並んだ他の使用人も、続く。

もっと不躾《ぶしつけ》な視線を浴びるかと思っていたのに、誰もユースディアを見ようとしない。

ついでに言えば、アロイスの肩に黒いリスが鎮座しているが、それすら気にしていなかった。

これが教育の行き届いた使用人なのかと、感心してしまった。

「大奥様が、お待ちです」

「ああ、わかった」

アロイスは大きな街で、早馬を打って家に手紙を届けていたらしい。当然ながら、ユースディアとの結婚についても書いているのだろう。

ドキドキしながら、アロイスのあとに続く。

先が見えないほど長い廊下には、ふかふかの赤絨毯《あかじゅうたん》が敷かれている。継ぎ目が見えないのだが、どうやって作っているのか。気になってしまった。

壁には肖像画や、剣、盾などが飾られている。代々、騎士として王家に仕えている家系だという話は聞いていた。先祖は揃って、厳《いか》つい顔である。アロイスのような柔和な青年はいないようだった。もしや、母親似なのか。

そんなことを考えながら歩いていると、アロイスが振り返る。

「ディア、手を」

「手？」

手が差し伸べられた。なんのことかわからず、犬がお手をするように指先を重ねる。

「どうして、手を取るの？」

「この先、厳しい戦いになりそうなので」

「ここって、戦場なの？」

「そうかもしれませんね」

たどり着いたのは、公爵家の女主人が待つ部屋。ついに、扉が開かれる。

「あら、アロイス。ずいぶんと遅かったわね」

アロイスの母テレージアは、威厳たっぷりの様子で迎えてくれた。

ふくよかな体に、深緑のドレスがよく似合っている。孔雀《くじゃく》の羽根扇を手に持ち、鋭く厳しい視線をユースディアに向けていた。敵意が、これでもかとばかりに突き刺さる。

聞かずともわかる。テレージアがこの結婚を、よく思っていないということが。

「さて、そちらの女性を、紹介していただこうかしら？」

「妻の、ディアです」

ピリッと、空気がわかりやすく変わった。場を、テレージアが支配しているからだろう。

「どこのどなたなの？」

「それは、言えません」

「アロイス、冗談はよしてちょうだい。旅先で出会った、身上《しんじょう》もわからない女性を娶《めと》るなんて、ありえないわ」

「私は、彼女に運命を感じました。母親とはいえ、私達の結婚に物申すのは、許しません」

「なんですって？」

値踏みするような視線にさらされる。

「あなた、どこの家の娘なの？」

「え？」

「お生まれはどちら？」

「さあ？」

「ご両親は何をされているの？」

「それは――」

「歴史ある我が家については、どれくらいご存じなのかしら？」

「……」

「それから学歴も、教えていただける？」

「母上、質問攻めは止《や》めてください」

今度は、アロイスを渾身の眼力《めぢから》で睨みつける。

アロイスは肝が据わっているのだろう。一切動じていなかった。さすが、王太子付きの騎士と言うべきなのか。普段のやわらかい雰囲気からは想像できないほど、強い覇気《はき》を纏っている。ユースディアを守るという誓いは、本当に実行してくれるようだ。

「もしも、気に入らないというのであれば、母上がここを出て行ってください」

「あなた、母親になんてことを言うの⁉」

「互いの精神衛生上、そうしたほうがいいと思ったのですが」

バチン、バチンと親子の間に火花が散っていた。こんなに迫力のある本気の親子喧嘩は、ロマンス小説でも読んだ記憶はない。

「そもそも、病気は治ったの？　今回の旅は、その治療が目的だったのでしょう？」

「病気ではありません。〝呪い〟です」

「あなたはまた、そんなことを言って！」

どうやら、テレージアはアロイスの呪いを、病気だと思っているようだ。無理もない。魔法使いの系譜の家柄とはいえテレージアは他家から嫁いできたのだろうし、魔法の知識は一般には広く知れ渡っていないから。呪いによる苦しみも、病気の発作か何かだと捉えているのかもしれない。

「母上も、医者の話を聞いていたでしょう。病気ではない、と」

「そんなの、デタラメよ！　体の不調の原因なんて、病気に決まっているじゃない！」

「話になりませんね。母上、一度、領地で保養されたらいかがですか？　王都にいるから、心が安まらないのです」

「違うわ！　私は、あなたを想って、言っているの」

「すべて、的外れなのですよ」

親子喧嘩を前に、ユースディアはどうしたものかと考える。

てっきり、テレージアに嫁いびりされるのをアロイスが見て見ぬ振りをする日々が始まるのだと思っていた。ロマンス小説のヒロイン気分に浸れるかもと若干期待しつつやってきたのだが、親子が不仲という想像もしていない状況だったのだ。

「母上、しばし冷静になってから、話をしましょう」

「何を言っているの？　私は冷静よ」

「そういうところが、冷静ではないのですよ」

ここで、アロイスは話を切り上げる。無言で立ち上がり、ユースディアに手を差し伸べた。

ひとまず、この場から撤退したほうがいいのだろう。アロイスの手を取り、部屋を辞す。

「ちょっと、待ちなさい！　話は、終わっていないわ！」

アロイスはテレージアの訴えを無視し、自らの私室へと案内する。

廊下を歩く間、ユースディアはアロイスの横顔をチラリと盗み見た。端整な顔立ちに、怒りが滲んでいるように思える。

これまで、年若い青年にしては落ち着いていると感じていた。しかし、彼にも負の感情は存在し、今も上手《うま》く処理できずに自身の中で持て余しているのだろう。

アロイスの私室は、白で統一された、宗教画で描かれる天界のようだった。生活感がまったくないが、ひとまず長椅子に腰を下ろす。その向かいに、アロイスは座った。

「母が、失礼しました」

アロイスは眉尻を下げ、申し訳なさそうに頭を下げた。先ほど垣間見た怒りの表情は、すっかり消え失せている。

「想像していた以上に、しつこく絡んできて……」

「大丈夫よ。気にしないで」

テレージアがユースティアについて何か言おうとするたびに、アロイスが制していたのだ。発言もまともにできなかったので、テレージアは余計に苛立っているように見えた。

「母親とは、ずっとあんな感じなの？」

「そう、ですね。仲がよかった時代は、なかったように思います」

それも無理のない話だろう。子育ては乳母が行い、教育は教師が担う。それが、貴族の家庭では常識である。裕福で厳格な家庭ほど、母親との接点は少なくなるのだ。

アロイスは騎士になるため、十三歳のときから家を出ていたという。余計に、母親に対する情も薄いのだろう。

「一応、母親として、尊敬し、大切にしようとは思っているのですが、あの通り、私の一挙一動に文句を付けたがるお年頃のようで」

テレージアの小言を〝お年頃〟で片づけるアロイスの発言に、ユースティアは笑ってしまう。

「真面目な話だと思って聞いているのに、笑わせないでちょうだい」

「すみません、笑わせるつもりはまったくなかったのですが」

アロイスの表情が柔らかくなったので、ユースティアは内心ホッとする。母親と対峙していたときのようなアロイスは、あまり見たくないと思った。

「家令を通して、母とディアが顔を合わせないようにと皆に命じておきますので」

「それは助かるけれど――」

「けれど？」

「あなたは、それでいいの？」

「いい、とは？」

「母親に認められていない妻を娶るという状況よ」

「構わないですよ。ディアの素晴らしさは、私だけわかっていれば、それで十分です」

大真面目に言われ、ユースディアは照れてしまう。が、すぐに真顔になるよう努めた。流されてはいけない。相手の思うつぼとなる。そう自らに言い聞かせつつ。

「とにかく、母上との接触は極力避けるようにしますし、それ以外にも、あなたに接触する者がいたら、すぐに報告してください」

「わかったわ。まあ、リリィくらいならば、暇つぶしに相手をしてやってもいいけれど」

「リリィは――まあ、可愛いものかもしれません」

「他に、可愛くないのがいるの？」

アロイスは遠い目をする。思い当たる人物がいるのだろう。

「ひとり目は、第七王女エリーゼ殿下です。なぜか私を気に入り、毎日恋文を送ってきます」

ひとり目から、とんでもない相手である。ユースディアは「うわぁ、面倒そうな相手……」という言葉を、口から出る寸前でごくりと呑み込んだ。

なんでも、エリーゼ王女の護衛騎士が、毎日恋文を届けてくれるらしい。アロイスは結婚したので、それが届かなくなる可能性はあるが。

「ふたり目は？」

「兄レオンの妻だった義姉《あね》、フリーダです」

六年前に結婚し、レオンとの間に男児を産んだ。しかし、レオンが亡くなり、悲しみに暮れた──わけではなかった。

開き直ったフリーダは、レオンの喪が明けていないにもかかわらず、色目を使ってきたのだという。

とんでもなく強《したた》かで、計算高い女性なのだろう。

「当時、あまり家には帰っていませんでしたし、そのうち飽きるだろうと考えていました。しかし、気がついたら、母が義姉を家から追い出していました」

「なるほど。そういう事情だったのね」

「どうかしたのですか？」

「リリィから、あなたの母親は、嫁いびりをする酷い女性だって聞いていたの」

フリーダがアロイスに言い寄ったのならば、悪いのはテレージアではない。フリーダのほうだ。

「以上、リリィを含めて、三名の女性に、その……」

「言い寄られているというわけね」

気の毒だと思ったのと同時に、ふと気づく。アロイスが結婚を決意したのは、言い寄る女性の堤防としてユースディアを利用しようとしたからではないかと。

先ほどの母親への態度から推測するに、見た目通りの天使のような男ではないのだろう。それどころか、ユースディアを利用しようと考える腹黒い面があるのかもしれない。

アロイスに対して警戒が緩む瞬間があったが、これ以上、弱みを見せないようにしなければならないだろう。でないと、いつかユースディアも足元を掬《すく》われてしまう。

「ディア、どうかしましたか？」

「いいえ、なんでもないわ」

ひとまず、今はアロイス側に付き、何かあったら守ってもらわなければならない。面倒であるが、それも半年の我慢だろう。

「必要な品は、ありますか？」

「とりあえず、お金をちょうだい」

「わかりました。必要なだけ家令に申し付けてください」

相変わらず、金払いはピカイチであった。

その後、アロイスは王太子に顔を見せてくると言って出かけた。数日休んでいたために、帰還の報告をするらしい。

残ったユースディアには、数名の侍女が付けられた。皆、感情を表に出さず、淡々と働いてくれる。

ロマンス小説に、使用人は家具のようでなければならないと書かれてあった。初めて読んだときはいったいなんのことかわからないと、首を傾げたものだ。

今ならわかる。何をしても、どう振る舞っても物申すことはなく、非難の視線を向けることもなく、すべき役割を黙々と果たしてくれる存在は家に置かれた家具のようだった。

数名の侍女に囲まれているのに、居心地の悪さをいっさい感じないのは、彼女らが職業人《プロフェッショナル》だからなのだろう。まさしく、使用人は主人のために存在する者達なのだ。

その後、夕食は部屋に運ばれ、贅《ぜい》が尽くされた料理をおいしくいただく。

風呂は続き部屋となっている場所にあったので、誰に会うこともなく優雅に浸かれた。

夜は――用意してもらった金を使い、せっせと内職を行う。

森から王都に来るまで三日間、アロイスには三回の呪いの発作が起こった。夕方、朝、夜と、時間はまばらである。そのたびに、ユースディアはアロイスの金を使って呪いを一時的に封じた。

明日からは、日中は離れればなれとなる。勤務中に呪いが発動したときの対策を、今から行うのだ。

呪いがかかってからというもの、アロイスは王太子に事情を話し護衛部隊から外れているらしい。でないと、呪いが発動したさい、王太子を守れなくなる。

現在は、補佐官として政務の手伝いをしているようだ。呪いに襲われたさいは、一時間ほどの小休憩を取っているという。その時間が、一日の中で何よりも無駄だとぼやいていた。

そんなアロイスのために、ユースディアはある物を用意する。

まず、取り出したのは数枚の羊皮紙。そこに、トネリコの樹液から作った魔法のインクを使い、魔法陣を描いていく。

完成した魔法陣を、窓から差し込む月光に当てる。ユースディアは呪文を呟いた。

魔法陣が光り輝く。その中心に、アロイスからもらった紙幣を燃やした炭をふりかけた。魔法陣の光は、だんだんと消えていく。

完成したものは、すぐにくるくる巻いてリボンで留めた。

これは巻物――スクロールと呼ばれる、誰にでも魔法が展開できるようになる代物《しろもの》だ。紐を解き、羊皮紙を破いた瞬間に、魔法が展開される仕組みである。

今回作製したのは、アロイスの呪いを一時的に封じるものだ。これさえあれば、ユースディアがいなくとも、呪いの苦しみから解放される。

アロイスとの結婚の対価のひとつとして、このスクロールを渡すことを心に決めていた。

頼まれたわけではないが、この贅沢な暮らしを罪悪感なく楽しみたいユースディアが、自主的にしていることであったのだ。別に、アロイスが心配だからしているわけではない。

ムクムクが『ご主人はなんだかんだ言って、旦那さん想いですねえ』と言っていたが、くすぐり攻撃をして黙らせた。

『ご主人、アロイス様が、帰ってきたみたい』

「ちょうどよかったわ」

完成したスクロールは全部で七個。一週間分である。これさえあれば、ユースディアがだらだら過ごしていても許されるだろう。

スクロールを銀盆に載せて、アロイスの私室へ持って行く。が、途中で迷い何度か違う部屋に入ってしまう。

なんせ、扉はどこも同じようなもので、廊下も果てしなく長い。正しく記憶しているほうがおかしいだろう。

ハズレの部屋から出ようとしたら、廊下から話し声が聞こえた。一方は家令の声だった。

「旦那様、今一度、ご結婚を考え直したほうがよろしいかと」

「どうして、そう思うんだ？」

「あの女――いえ、奥様は、大金を用意するよう、命じたのです」

大金は、ユースディアが使うために用意させたのではない。スクロールを作るために、必要だったのだ。

ユースディア自身が発動するならば、一回につき一ヶ月の食費代程度でよかった。だが、スクロールを作るためには、その十倍の紙幣が必要になる。そのため、大金を要求しなければならなくなったのだ。

あらかじめ、説明しておくべきだったのか。否、魔法に詳しくない者には、理解できないだろう。言うだけ無駄だ。

別に、公爵家の者達に、善き妻であると思われたいわけではない。もともとユースディアは、闇魔法を揮《ふる》う沼池の魔女である。金が大好きで、ごうつくばり。そのイメージで、間違いない。けれど、今回はどうしてか、心がツキンと痛んでしまった。

「このままでは、歴史ある公爵家の財産が、食いつぶされてしまいます。どうか、再度、人生の伴侶について考え直していただけたらと」

アロイスはなんという言葉を返すのか。気になって、扉に耳を近づける。

「ディアが望む金ごときで、公爵家が食いつぶされると？」

「い、いいえ、そのようなことは、決して――」

「ディアが望むような金額など、可愛らしいもの」

ユースディアが金を望んだら、いくらでも用意するよう、アロイスは家令に命じる。

「あと、今後、余計な報告をしてきたならば、首を切り落とす」

アロイスの通告を聞いた瞬間、関係ないユースディアまで背筋がゾッとしてしまう。

首を切るというのは、解雇するという意味だろう。しかし、本当に首を斬り落とすような迫力を感じてしまった。

しばらく呆然としていたら、ムクムクに『ご主人、大丈夫ですかね？』と声をかけられた。

気がつけば、廊下には誰もいない。アロイスは自分の部屋に戻ったのだろう。

『そのスクロール、アロイス様に持って行くんですよね？』

「え、ええ。そうね」

持って行きたくない気持ちで満たされていたが、このまま持っていてもどうしようもない。

なぜだろうか。庇われたユースディアが、アロイスを恐ろしく思うなんて。

社交界の氷砂糖の名に相応しく、ユースディア以外の者には冷たい態度を取っているようだ。

盛大なため息をついたあと、しぶしぶとアロイスの部屋の扉を叩いた。すると、「どうぞ」と声が聞こえる。扉は私室の中にいた従僕の手によって開かれた。従僕は茶の支度をすると頭を下げて退出していく。

「ディア、いかがなさいましたか?」

「これを」

スクロールが載った銀盆を手渡す。呪いを一時的に封じるスクロールであると、説明した。

「リボンを取って、羊皮紙を破ると魔法が発動されるの。これで、私がいなくても、楽になれるはずよ」

「ディア……ありがとうございます」

アロイスはキラキラとした瞳を向けつつ、感謝の気持ちを述べる。

「実は先ほど、宮廷魔法師に呪いについての報告をしてきたのですが――」

呪いを解くのと同じくらい、呪いの発作を封じるのは困難であると。

ユースディアが展開させたものと同じ魔法は、現代の魔法使いには再現が難しいと言われてしまったらしい。

「この三日間、私は奇跡のような魔法のおかげで、発作の苦しみから解放されました。どんなに、ありがたかったか」

「呪いを解いたわけではないから、別に、そこまで感謝しなくても」

「謙遜なさらないでください。本当に、素晴らしい魔法です」

ちなみに、宮廷魔法師には、ユースディアの闇魔法で発作を押さえていたことは話さなかったらしい。

「どうして報告しなかったのよ」

「宮廷魔法師達は、好奇心旺盛な生き物ですからね。ディアが闇魔法使いだと知ったら、根掘り葉掘り話を聞きたがるはず。私自身、呪われたあと、彼らから実験動物のような扱いを受けたものですから」

「そうだったのね」

アロイスは自身の唇に人差し指を当てつつ、「これはふたりだけの秘密です」と言った。

ただそれだけの仕草と発言なのに、妙に色っぽく思えてしまった。

こんなの、ロマンス小説でも読んだことがない。ユースディアは妙にどぎまぎしてしまう。

「それはそうと、このスクロール、作るのは大変だったのでは？」

「作るのはそこまで大変じゃないわ。ただ――」

金がかかる、というのは呑み込んだ。先ほどの、「首を斬り落とす」という言葉を思い出したら、言葉が出なくなったのだ。

紅茶を飲んで落ち着こうとしたら、アロイスの発言を聞いて咽《む》せてしまった。

「スクロールって、製作費が、とっても高いんですよね？」

ゲホゲホと、咳き込んでしまう。

「ディア、大丈夫ですか？」

「え、ええ……。平気」

一時期、アロイスはスクロールの蒐集《しゅうしゅう》に嵌まっていたらしい。

「スクロールの作製をするときの材料として、紙幣が最適だと聞いたことがあるんです」

秘密は、紙幣の印刷に使うインクにあった。そのインクは、紙幣を印刷するときだけに使われるものである。国が独占的に製造し、門外不出としているのだ。

「魔力を多く含んでいて、スクロールに使う魔法陣や羊皮紙ともっとも相性がいい素材であると」

「まあ、そうね」

普段、魔法を使うときにも、媒体となりうる。夜にしか使えない魔法もあるので、闇魔法使いは多くの紙幣を胸に忍ばせ、昼間に魔法を発動するさいに利用していた。

「家令に用意させた紙幣も、すべてスクロール作りに使ったんですよね？」

「まあ、そうだけれど」

「だと思っていました」

アロイスが深々と頭を下げる。それには、謝罪の意味が込められていた。

「な、なんで頭を下げるのよ」

「お気を悪くするかもしれませんが――その、紙幣を用意した家令が、ディアのことを、金遣いが荒いのではと報告してきたのです。私が直接用意し、手渡していたら、あなたがこんな風に言われることはなかったのに」

「いや、それは、はっきりスクロール用の紙幣だと言わなかった私が悪いだけで――」

「いいえ、悪いのは、私です。まさか、長年信頼していた家令が、あのような発言をするとは思わず……」

家令にしてみれば、突然現れた、身元のわからない女性なんて不審としか思わないだろう。おまけに金を要求してきたものだから、警戒する彼の態度はごくごく自然なものだ。

「まあ、とにかく。私が何か言われても、別に庇ったり、反論したりしなくていいから」

「どうしてですか？」

「あなたまで、おかしくなったのだと思われるでしょう？」

「ディア、残念ながら、すでに手遅れな状態だと」

「どういうことよ」

「余命半年の呪いを受け、毎日死んだほうがましだと思うレベルの発作に襲われている状態の中、常に正気を保つというのはとても難しいです」

「もう、おかしくなっているから、放っておけってこと？」

「はい」

アロイスは笑顔で頷いた。

たしかに、ユースディアを妻にと望む時点で、だいぶおかしいと疑うべきだったのだ。

「余命半年だから、自棄っぱちになっているわけね」

「いいえ。余命半年だからこそ、捨て鉢にならずに、自分が好きなように生きようと思ったのですよ」

アロイスの瞳は、希望で輝いているように見えた。自我はしっかりあり、呪いに絶望しているようには思えない。

なんて強いのか。それが、ユースディアの率直な感想であった。

死の淵に立たされた人間の、言い分とはとても思えない。

逆に、尊敬の念すら抱いてしまう。しかし、だからといってこれ以上アロイスと関わる気はなかった。ユースディアは立ち上がり、部屋に戻るという旨を伝えた。

「旅疲れをしているでしょうから、ゆっくり休まれてください」

「ええ。しばらくは、好きにさせてもらうわ」

スクロールを渡した七日間は、極力誰とも会わずに好き勝手過ごそうと決意したのだった。


だが、人生うまいようには運ばない。

翌日、王女の護衛騎士から、面会を申し込まれてしまったのだった。

ユースディアは苛立ちを胸に、アロイスから贈られた華やかなドレスを纏って来客のもとへ向かっている。

面会は断りたかったが、もうすでに客間で待っていると言われてしまった。

ロマンス小説では、面会を行うさいは先触れを送って相手のスケジュールに空きがあるかどうか尋ねていた。それをしないということは、わかりやすく喧嘩を売っているのだろう。

今日は一日中寝台でだらだら過ごし、気が向いたら公爵家が所蔵する魔法書を読む予定だった。

完璧な計画が崩れ、苛立ちがジワジワ腹の底から湧き出てくる。

客間で待っていた騎士は、いかにも貴族然とした、三十代後半くらいに見える精悍《せいかん》な男であった。

ユースディアに値踏みするような視線を投げつけてくる。

先に声をかけるのは、身分が上の者である。ロマンス小説で習った。

運ばれてきた紅茶を一口飲み、騎士が言葉を発する上にかぶせるようにして、ユースディアは話しかけた。

「あなた、突然やってきて、なんの用なの?」

いかにも迷惑ですという感情を、言葉の節々に混ぜ込んで伝えた。

「王女様が、こちらを公爵に渡してほしいと、命じてきたのだ」

侍女が手紙を受け取り、銀盆に載せて運んでくる。それは、甘い匂いの香水がふりかけられた、アロイス宛の恋文であるように見えた。

「どうしてこれを私に?」

「妻である公爵夫人に渡すのが、もっとも早いだろうからと」

このまま目の前で手紙を握りつぶそうかと思ったものの、ユースディアの一挙一動がアロイスの評判に繋がってしまう。ここは奥歯を噛みしめ、我慢しなければならない。

「わかったわ。渡しておきましょう」

目的を果たした騎士は、首を傾げながら立ち上がる。聞かずとも「どうして公爵はこんな女と結婚したのか?」などと思っているに違いない。

あまりにも失礼である。ユースディアは魔法使い視点で、名前を尋ねた。

「あなた、名前はなんとおっしゃるの？」

「オスカー・フォン・フェルマー」

「そう」

すぐに、ユースディアは本当の名前か確認する。

名前を口にすると、彼の魔力が活性化された。魔力と名の繋がりは強い。偽名ではなく、本物だったようだ。

「オスカー・フォン・フェルマーね」

相手にばかり名乗らせるわけにはいかない。ユースディアは笑顔で自らの愛称のみを口にした。

「私は、ディアよ。覚えなくても結構だから」

再び、オスカーは首を傾げる。そのまままともに挨拶もせず、部屋から出て行った。

「バカな男」

率直な感想を言ったあと、残りの紅茶を飲み干す。

王女はこれまでも毎日恋文を送っていたと聞いた。つまり、毎日オスカーと顔を合わせなければならないのか。

勘弁してくれと、盛大なため息をつくユースディアであった。

アロイスは忙しい日々を過ごしているようだ。帰宅したのは、日付が替わるような時間帯である。

それまで帰りを待ち構えていたユースディアを前に、アロイスは申し訳なさそうに謝罪してきた。

「すみません。まさか、ディアが待っているとは思わずに」

「気にしないで。もともと夜型人間だから」

夜に最も魔力が高まる魔女は、昼間に眠り夜の活動に重きを置いている。むしろ、ユースディアにとっては、これから一日が始まるという勢いであった。

「あなたの帰りを待っていたのは、これを渡すためよ」

王女からの手紙を見たアロイスは、目を極限まで見開いて驚いているようだった。

「なぜ、これをディアが？」

「王女様の騎士、フェルマー卿が、私からあなたに渡すようにって、持ってきたのよ」

「なんてことを！」

アロイスはユースディアの前に片膝をつき、「お手数おかけしました」と言って頭《こうべ》を垂れる。

「ちょっと、そこまでしなくてもいいわよ」

いちいち行動が大げさなのだ。たまに芝居がかって見えるときもあるので、止《や》めてほしいと心の底から思う。

アロイスの振る舞いにいちいちドキドキするのも、ユースディアは嫌気が差していたのだ。

「しかし、私宛の手紙をわざわざディアに渡すなど、過ぎた行動です」

王女はアロイスと結婚したユースディアに嫉妬し、牽制の意味を込めて騎士に命じたのかもしれない。王女は今年で十七歳だと聞いていたが、やっていることは一丁前に女である。

「おそらく明日も、同じように訪問してくるかもしれません」

出勤時間をずらし、オスカーに注意するという。けれど、ユースディアは必要ないと言い切った。

「別にいいわ。騎士の相手くらい、できるから」

「しかし」

「あなたは、王太子にお仕えする身なのでしょう？　家の事情で、仕事に穴を空けるなんて、あってはならないことよ」

「それは、たしかにそうですが」

納得いかない、という文字が顔に書いてあるような気がした。アロイスのせいで、ユースディアに迷惑がかかると思っているのだろう。

「私は、あなたに守られるお姫様じゃないの。言わせてもらうけれど、最初から立場は対等よ。どちらが強いからとか、弱いからとか、そういうのはなくて、困ったことがあれば、助け合うの。それを、わかっていないようね」

「ディア……！」

アロイスの瞳に、きらりと光が宿った。

「私は、妻という存在について、勘違いしておりました。夫婦の立場は対等――なんて、素晴らしい言葉なのでしょうか！」

これまでアロイスは、妻とは夫たるものが守らなければならない存在だと考えていたようだ。

「ディア……あなたという存在が、とても、尊い」

「おおげさね」

そう言いつつも、悪い気はしない。同時に、気の毒にもなる。

これまで、アロイスと対等な立場となる存在がいなかったのかもしれない。これからは、ユースディアがいる。彼の命が尽きる瞬間まで、隣に立ち続けよう。それが、ユースディアにできる唯一のことである。

ふと、気づく。今まで感じていなかった同情が、ユースディアの中にあることに。

彼とはビジネスライクな関係なのになぜ？　そんな疑問が押し寄せる。

まさか、いつの間にか絆されて、愛が生まれた？

そんな考えが浮かんだものの、すぐに否定する。

あくまで、心配しているのは金のため。アロイス自身を、心から気に懸《か》けているわけではない、と強く自分に言い聞かせる。

「女性関係で、ご迷惑をおかけしますが」

「いいわ。あまり、気にしないでちょうだい。これでも、無駄に二十年以上生きているわけではないから」

ふと思う。現在、アロイスはいくつなのか、と。二十代半ばから、後半くらいだろうとユースディアは思っていたが、実年齢は知らない。自らの年齢に触れたついでに、質問してみた。

「そういえばあなた、いくつなの？」

「私ですか？　二十三になります」

ヒッ！　と悲鳴をあげそうになったが、喉から出る寸前で呑み込んだ。

落ち着いているので、ユースディアよりも年上だと思い込んでいた。まさかの、年下である。

「意外と、若かったのね」

「よく言われます」

ユースディアの実年齢について触れないあたり、アロイスは実に紳士的な男だと思った。

女性の年齢については、センシティブな問題なのだ。

◇◇◇

朝になれば、日が昇る。

今日も侍女達から美しいドレスを着せられ、鏡の前でしばし感激するという時間を過ごす。

そのあとは、王女付きの騎士オスカーを迎えた。

本日は手紙の他に、贈り物もあった。

「これは、王女様から公爵夫人へ、結婚祝いだ」

「ふうん」

丁寧に包装され、リボンまで結ばれていた。夫婦への贈り物ではなく、ユースディアにという点から、怪しさしか感じない。

「ありがとう。夜、夫が戻ってきたら、一緒に開封させていただくわ」

「ま、待て。それは、公爵夫人に贈った品だ！　頼むから、一人で、開封しろ」

「どうしようかしら」

アロイスと一緒にと言ったら、オスカーはあきらかに慌てふためいていた。確実に、ろくでもない贈り物なのだろう。

通常、贈り主本人からもらった品はその場で包みを開き、直接感想と感謝の気持ちを述べる。第三者が運んできた場合は、その場で包みを開かないのが礼儀だ。

オスカーが去った後、一人で贈り物を見たユースティアを困らせるという趣向なのだろう。

もしも、ユースティアが知らずにここで開封したとしても、礼儀を知らない女として糾弾できる。

贈り物作戦は、巧妙に仕組まれた嫌がらせであった。

ただ、そんな嫌がらせにも、穴がある。それは、アロイスと共に開封すること。王女もオスカーも気づいていなかったのだろう。

「王女様が、公爵夫人のために選ばれた品だ。ひとりで楽しむように」

「わかったわ」

そんな返事をすると、明らかに安堵していた。もっと、腹芸が得意な騎士を寄越せと思うユースティアであった。

「帰るぞ！」

「ええ、ご苦労様」

そそくさと、オスカーは帰っていく。誰もいなくなった客間で、ユースティアは王女からの贈り物を開封した。

これまで隠れていたムクムクがひょっこり顔を出し、ガクブル震えながら問いかける。

『ご主人、開封しないで、捨てましょうよお。なんか、その箱から異臭がしますう』

「王女様からの贈り物を、確認しないわけにはいかないでしょうが」

『ひえええええ』

蓋を開くと、大ネズミの死骸が入っていた。ユースディアは平然と見つめていたが、ムクムクは悲鳴をあげた。

『んぎゃあああああ！』

「もう、うるさいわね」

想像通りの、贈り物である。怯えるムクムクをよそに、ユースディアはほくそ笑む。

「助かったわ。王都では、ネズミの死骸なんて、手に入らないと思っていたの」

『やっぱり、そういう反応だと思っていました』

ムクムクは箱の中身が見えない位置まで下がり、がっくりとうな垂れている。

ユースディアにとって、ネズミの死骸は闇魔法の素材なのだ。

闇魔法には血肉を使って行うものもあるのだが、それらは基本的にネズミやヘビを使う。今でも人の血肉を使って行われるという認識が世の中に残っているのだが、大いに間違っている。一部の、悪い闇魔法使いだけがやっていた残虐《ざんぎゃく》極まりない行為だったのだ。

「ヘビとか、虫とか、コウモリとかもいただけるかしら？　市場《いちば》には売ってなさそうだし、毎日いろいろ用意してくれると嬉《うれ》しいのだけれど」

『バリエーションを期待しないでくださいいいい〰〰〰！』

思いがけない贈り物に、ユースディアはひとりホクホクしていた。

◇◇◇

オスカーの相手で疲れたので、二度寝でもしようか。そんなことを考えているユースディアのもとに、テレージアがやってきた。

次から次へと、うんざりしてしまう。

「王女様から、贈り物を賜《たまわ》ったようね」

「ええ、まあ」

円卓の上にある箱を、ちらりと横目で見る。公爵家の情報伝達力は、爆速のようだ。

テレージアは贈り物を気にしている。ここで、ユースディアにいたずら心が芽生えた。

「贈り物、見ますか？」

大ネズミの死骸を前にしたら、どんな反応を見せるのか。悲鳴をあげるか、失神するかの二択だろうが、どちらでもいいので見てみたい。そんなことを考えるユースディアである。

だが、返答は想像していなかったものだった。

「けっこうよ。それよりも、感謝の気持ちをお手紙にして、なるべく早い時間に送りなさい。もちろん、お返しを添えるのも忘れずに」

どうやら、お小言を言いに来ただけのようだった。贈り物も見ないというので、テレージアの反応もわからずじまいである。

しかし、考えてみれば王女の贈り物が大ネズミの死骸と言っても、信じないかもしれない。逆に、テレージアへの嫌がらせだと思われる可能性もある。見せなくて正解だったのだろう。

話はこれで終わりだと思いきや、そうではなかった。

「今日は、〝家庭招待会〟の日なの」

「家庭招待会!?」

それは、一日家を開放し、客を招き入れるイベントである。ロマンス小説でおなじみの中流家庭で行われる行事が、公爵家でも行われるというのだ。

簡単に言えばただの茶会だが、内容は複雑である。

女性陣が社交する家庭招待会は、楽しくお喋りする場ではない。相手を見極め、付き合う者を厳選する大事な機会なのだ。

家庭招待会には緻密《ちみつ》なマナーがあり、滞在は十五分から二十分まで。他に訪問客がやってきたら、自ら立ち去るのだ。迎える女主人が名残惜しそうな表情を浮かべても、長居してはいけない。まだいてほしいという空気を感じたら、それは再訪してもよいという合図になる。

また、装いにもルールがある。まず、家に入ったら、襟巻きや肩掛けは取る必要があるものの、帽子は被《かぶ》ったままでいい。帽子を取るとここに長居しますよという意味になり、礼儀に反することとなるのだ。

他にもさまざまな決まりがある家庭招待会は、女主人の腕の見せどころでもあった。おいしい菓子に、香り豊かな紅茶でもてなすのはもちろんのこと、ウィットに富んだ会話で訪問客を楽しませるのも大事なのだ。

これから、ロマンス小説の中で繰り広げられているような、女性陣の腹芸が行われる。ユースディアはドキドキしてしまった。

「あなたは、参加しなくてもいいわ」

「え？」

「招待客の前に現れないように、言いに来たのよ」

「どうして？」

質問を投げかけると、テレージアは言葉に詰まった様子を見せる。

「なぜ、参加しなくてもいいの？」

「そんなの、自分で考えなさい!!」

テレージアはそれだけ言って、ユースディアの返事も聞かずに出て行った。

シーンと静まり返った部屋で、テレージアが来た瞬間に隠れていたムクムクがぼそりと呟く。

『どぎついご婦人ですねえ』

「そうかしら？」

ユースディアは生まれや育ちを、他人に喋るつもりはない。となれば、質問を受けたさいに何も言えず、顰蹙《ひんしゅく》を買うだろう。この場合、非難されるのは、ユースティアみたいな得体の知れない娘を参加させたテレージアなのだ。

『ってことは、保身のためだったんですかねえ』

「それも違うと思うわ」

貴婦人とは、生まれながらに完全であったかのごとく振る舞う存在《もの》である。一朝一夕で、仕上がるわけがない。

つまり、いくら美しいドレスを着ていても、ユースティアは貴婦人ではない。

貴婦人が集まる会に参加したら、貴婦人のまがいものであるとバレてしまうのだ。その場合、大いに恥をかくのは、ユースティアである。

「家庭招待会に参加しなくてもいいと言ったのは、あの人の、ほんのちょっとだけある優しさだと思うの」

最初の発言だけではわかりにくかったが、言葉に詰まる様子を見てピンときたのだ。

「本当に嫌がらせだったら、はっきり私の存在が恥だと言うはずよ」

『そうだったんですねえ。しかし、わかりやすく言ってくれたらいいものの』

「その点が、彼女にとっての厳しさなのかもしれないわ」

周囲は敵ばかりだと思っていたが、そうでない者もいる。

テレージアは思っていたほど、悪い人ではない。ユースティアは少しだけ、気分が軽くなった。

今度こそ眠ろう。そう思っていたのに、ユースティアの部屋の扉を叩く者が現れる。

コンコンコンコンと四回叩かれたので、ユースディアは「入っています」と返事をした。

「ちょっと、それ、どういう意味ですの⁉」

聞いたことのある声だった。ユースディアは盛大なため息をつき、扉を開く。

廊下に立っていたのは、キャラメル色の巻き毛が自慢の、アンバーの瞳の美少女。レーニッシュ侯爵家のリリィ――アロイスを愛する女性のひとりである。

「なんの用なの？」

「あなたとアロイス様の結婚に対する、抗議をしに来ましたの！」

「そういうの、受け付けていないんで」

断りを入れて、扉を閉めようとした。が、閉まる前にリリィは部屋に入ってきた。

「どうして、勝手に閉めますの⁉」

「あなたが、招かざる客だったからよ。それにここ、私の部屋だし。どうしようが、自由でしょう？」

「なっ⁉」

リリィは白目を剝き、死体でも見つけたような驚き方をする。

「申し訳ないけれど、あなたと話すことなんて、何もないわ」

「わたくしはありますわ！」

「しつこいわね。あなたなんて、リスとでも遊んでいればいいわ」

ユースディアはそう言って、長椅子のクッションのかげに隠れていたムクムクをつかみ取る。それを、リリィへと差し出したのだ。

「きゃあ‼」

リリィは大きな瞳を、さらに見開く。続けて発した言葉は、ユースディアが想像もしていないものであった。

「黒いリス！　なんて可愛らしいの！」

リリィはユースディアが差し出したムクムクを胸に抱き、頬ずりし始めた。

ムクムクは愛らしい少女に可愛がられて、悪い気はしないのだろう。目を閉じ、好きにしてくれとばかりに大人しく受け入れていた。

「毛並みも美しいわ！　まるで、上質なベルベットのよう！」

瞳を輝かせ、ムクムクを胸に抱いたままくるくる回り始める。

「このリス、どちらのお店で購入しましたの？」

「いや、買ったリスではないのよ」

「では、森で出会いましたの？」

「まあ、そんなところ」

正確に言えば、森に罠を張って捕まえたのだ。伝統的な、罠猟である。

「わたくしも、黒リスのお友達が、欲しいですわ」

「そう言われても……」

ムクムクは妖精である。ただの黒リスではない。

リリィはよほど気に入ったのか、他の黒リスを紹介してくれと訴える。

ユースディアは森の妖精から恐れられていた。探しても、姿を現さないだろう。

ムクムクはドジだったので、ユースディアに捕まってしまったのだ。

「紹介は無理よ」

「だったら、この子とお友達になってもよろしい？」

「友達？　ムクムクと？」

「あら、ムクムクというのね。わたくしは、レーニッシュ侯爵家のリリィよ」

自己紹介に対し、ムクムクは「どうも」と言わんばかりに会釈していた。

「あら、挨拶ができますのね。とっても良い子ですわ。ムクムク、これから、よろしくお願いいたしますわね」

リリィが手を差し出したら、ムクムクは指先をきゅっと握る。その様子に、リリィはたいそうメロメロになっていた。

ムクムクと仲良くなり、しばし遊んで満足したのか、リリィはユースディアの部屋から去っていく。いなくなってから、王女からの贈り物をリリィに自慢すればよかったと思うユースディアであった。

# 第三章　沼池の魔女は、夫の女性問題にウンザリする

夜、帰宅したアロイスは、ユースディアのもとへとやってくる。

「ディア、ただいま戻りました」

「おかえりなさい」

その言葉を聞いたアロイスは、ひとり感激する。

「妻に迎えられるというのは、素晴らしいものですね」

「はいはい」

そのまま長椅子に座るものだと思っていたが、アロイスはユースディアの前に片膝をつく。そして、深々と頭《こうべ》を垂れた。

「な、なんなの、突然!?」

「ありがとうございました」

「何が？」

「昼間、呪いの発作が起きて、すぐさまスクロールを使わせていただきました。即座に、呪いを封じることができたのです」

「ああ、そのことね」

昨日はユースディアが直接発作を鎮めたので確認できていなかったが、無事、スクロールは効果を発揮したようだ。

「毎日毎日、いつ呪いの発作が現れるか、どれだけの時間続くか、不安な日々を過ごしていました。仕事の途中で突然現れるので、職場の仲間にも迷惑をかけていることが気がかりでもあったのです。しかし、その悩みもディアが作ったスクロールが解決してくれました」

敬意の印として、指先に口づけをさせてくれと乞われる。

「まあ、好きにしたら」

「ありがとうございます」

アロイスは恭しくユースディアの手を取り、指先にそっと口づけした。

その瞬間、胸がきゅっと締めつけられるような、不思議な感覚を味わう。

それはロマンス小説でヒロインがヒーローに対して、胸をときめかせている場面に感じるようなものであった。

このままではいけないと思い、ユースディアはすぐさま手を引き抜く。

アロイスは蜂蜜のように甘い微笑みを浮かべていた。

彼が長椅子に腰かけると、ユースディアも平常心を取り戻した。顔のいい男は、傍にいると不整脈を発生させる存在なのだろう。非常に危険だ。なるべく離れておかなければと、自らに言い聞かせるユースディアであった。

「今日も、フェルマー卿はやってきたのですか？」

「ええ。王女様からの、贈り物を持ってね」

ちなみに、王女への手紙は侍女に書かせた。返礼品も、ついでに頼んでおく。午後には、王女が住まう王宮に届けられたという。

貴人への手紙の書き方なんて知らない。見当違いの手紙など送ったら、喜んで責め立ててくるに決まっている。

どうしようかと考えていたら、ロマンス小説の女主人が侍女に代筆を頼むシーンを思い出した。それに倣《なら》い、頼んでみたのだ。侍女は快く引き受け、失礼にならない内容の手紙やお返しを送ったようだ。

「王女殿下が、贈り物を……。いったい、何を賜ったのですか？」

「それは――」

ここでアロイスに大ネズミの死骸が贈られてきたと報告したら、抗議してくれるだろう。

しかし、もらった大ネズミの死骸は、ユースディアにとって非常に有用な品であった。この先も同じような品をもらえるならば、喜んで受け取るだろう。そのため、アロイスに正確な情報は告げなかった。

「非常に素晴らしい品を、いただいたわ」

「そう、でしたか」

アロイスはそれ以上追及しなかった。続いて、ユースディアはリリィがやってきたことを報告する。

「リリィ……困った娘です」

「次回からは、喧嘩をふっかけてくることもなくなると思うわ」

「どうしてですか？」

「ムクムクをたいそう気に入った様子だったの。私なんて、眼中になかったわ」

「そう、だったのですね」

アロイスは丁寧に、ムクムクにも謝罪していた。こういうところが、律儀な男なのである。

「あとは、義姉ですね。今日、やってくると思っていたのですが」

「家庭招待会の日だったから、他の家を訪問していたんじゃない？」

「ああ、なるほど」

近日中にはこちらに姿を現すだろう。おそらく、アロイスを取り巻く女性の中で、テレージアに続く強力な相手だ。絶対に、隙を見せてはいけない。

「義姉には、息子がいるのですが――」

ヨハンという、六歳の天真爛漫な少年らしい。兄レオンの幼少期にそっくりで、あの厳格なテレージアも彼ばかりは溺愛しているという。

「あの子は、心優しい子です。もし会う機会があれば、仲良くしていただけると、嬉しいです」

「子ども、あまり得意じゃないんだけれど」

「すみません、無理を言いました」

アロイスがわかりやすくしょんぼりするので、言葉を付け加える。

「別に、嫌いなわけじゃないの。何を話していいのか、わからないだけで」

「そうでしたか。ヨハンはお喋りなので、話し相手になっていただけますか？」

「ええ。気が向いたら、相手をしてあげるわ」

「ありがとうございます」

ここで、アロイスと別れる。「おやすみなさい」という言葉に、ユースディアは照れながら「おやすみなさい」と返したのだった。

◇◇◇

幾日か経ち、朝の恒例となった、オスカー訪問の時間となる。

本日も、包装された贈り物を持って現れた。

「毎日贈り物を賜るなんて、なんだか悪いわ」

「これは、王女様のお気持ちだ。受け取らないと、不敬になるぞ」

「はいはい。ありがとうございました」

今日はずっしりと重い。気合いの入った何かが、詰め込まれているのだろう。いったい何を用意してくれたのか、楽しみである。

「じゃあ、これにて解散」

「おい、日に日に、対応が雑になっていないか？」

「礼儀を知らないもので。よろしかったら、この贈り物を、一緒に見る？」

「断る！」

オスカーは立ち上がり、「覚えていろよ」と叫んで、部屋から去って行った。

静かになった部屋で、王女からの贈り物を開封する。ムクムクは贈り物が恐ろしいのか、今日もクッションの下に隠れていた。

リボンを取り、丁寧に施された包装を剝ぐ。蓋を開くと、箱の中にびっしりと土が詰まっていた。

「え、何これ。土？」

『ご、ご主人、土の中に、何か入っているのでは？』

「ああ、なるほど」

ティースプーンで掘り返すと、ミミズがひょっこり顔を覗かせる。

「やだ、ミミズじゃない」

一匹や二匹どころではない。土の中にぎっしりと、ミミズが入っていたのだ。

「ここまで集めるの、大変だったはずよ。森の中でも、これだけのミミズを探すのは、大変だもの」

ありがたく、いただくことにした。

というのも、闇魔法にはミミズを使って発動させる魔法があるのだ。

驚くなかれ。生きたミミズで魔法陣を作るのだ。うごうご動くミミズで魔法陣を形作るのは、至極難しい。なぜ、このような闇魔法を作ったのか、かつての魔法使いに聞いてみたい。

オスカーが無事撤退したので、今日こそ二度寝をしよう。そう思っていたのに、侍女からもたらされた最低最悪の報告を耳にする。

「フリーダ様が、いらっしゃったようです」

アロイスの義姉――フリーダ。ここ数日、もっとも警戒していた相手だ。

正直者なので、顔が引きつってしまう。侍女はそれに対して反応せず、「いかがなさいますか?」と尋ねてきた。

会わないわけにはいかないだろう。もしかしたら、リリィのように小動物が好きかもしれない。連れて行こうと思ったが、どこを探しても見つからなかった。

「ムクムク、出てきなさい! 一緒に行くわよ!」

『嫌ですう。絶対、怖いですもん!』

どこからともなく、声が聞こえた。

絶対怖い。その点は、激しく同意である。

仕方がないので、ムクムクは私室に置いて、フリーダが待つ客間を目指した。

一歩、一歩と、進める足取りが重たい。アロイスに心を寄せるフリーダとは、いったいどんな人物なのか。

現在、三十歳で、夫を亡くしたばかり。喪中であるにもかかわらず、アロイスに色目を使っているという。そのため、公爵家最強の女テレージアに家を追い出された。とはいえ離れを与えているので、あの姑も血も涙もない悪魔というわけではないのだろう。

アロイスに色目を使っていたということは、フリーダは彼の妻の座を狙っていたと思われる。とんでもない策略家である。

ちなみに、ヨハンは乳母と侍女に任せて、夜な夜な遊び回っているという話も耳にした。聞いた話を纏めると、フリーダという女性は自分さえよければそれでいいという考えのもとに動いているように思える。

と、これまでさまざまな噂を聞いてきたが、どれも他人から得た情報である。ユースディアは話半分に聞いており、フリーダという人物がどうであるかは自分で見て、話してから判断するつもりであった。

実際に会ったフリーダは——豪奢《ごうしゃ》な深紅《しんく》の髪に、切れ長の瞳、勝ち気な口元に、胸が大きく開いたドレスを纏った、想像通りの派手な美人であった。

今年で三十だと聞いたが、二十五歳のユースディアとさほど変わらない外見をしている。

そんなフリーダは、ユースディアを嘲笑うような表情で見た。

「あんたが、アロイスをたぶらかした、どこの誰ともわからない女だね」

貴族女性らしからぬ言葉遣いに、ユースディアは我が耳を疑う。まるで、下町の女のような口調だった。しかし深く考えるよりも先に、反応を示す。

「ええ、そうよ」

思いがけない返答だったのだろう。フリーダは片眉をピンと上げ、鋭い目でユースディアを見つめる。

目と目が合った瞬間、緊張が走った。

まだ多くの言葉を交わしていないが、互いに「この女とは打ち解けることは不可能だ」と確信する。こういうときに働く、女の勘は確かなのだ。

ピリピリと、空気が震える。部屋の端で紅茶の用意をしていたメイドは、ガクブルと震えていた。聞いていた噂話のほとんどは、真実だったのだろう。フリーダは、強い感情を隠そうとしない。真っ向から、悪意をぶつけてくるタイプの悪女なのだ。

フリーダは不躾な視線を、これでもかとユースディアに浴びせていた。アロイスの心を射止めた女が、どんなスペックを有しているのか、見定めようとしているのだろう。正直に言えば、不快である。

「あんた、そんなところに突っ立ってないで、座ったら？」

まるで、女主人のような口ぶりで、ユースディアに椅子を勧めた。このまま座るのは癪《しゃく》なので、ユースディアは腕を組んでフリーダを見下ろす。

「ふふ。礼儀を知らないようだね。このあたしが座れ、と命令したんだよ」

「私はあなたを見下ろしたいから、このままでいるわ。そういう気分なの」

堂々と答えると、フリーダは顔を歪《ゆが》ませる。勝った、と心の中で思った。

「まあ、いいわ。好きにしな」

「ねえ、せっかくだから、自己紹介しましょうよ。私は、〝アロイスの妻〟の、ディアよ」

わざと、アロイスの妻、という言葉を強調しておいた。途端に、フリーダが悔しそうな表情を浮かべる。

「あたしは、フリーダ。夫が死んでからは、このあたしが朝も昼も〝夜も〟、アロイスを支えていたんだ」

フリーダは逆に、夜の支えを強調していた。馬鹿馬鹿しい張り合いをしてしまった、とユースディアは内心反省する。

「今日は、あんたに提案があって」

「何かしら？」

フリーダは従えていた侍女に、視線で合図する。テーブルの上に、旅行鞄が置かれた。

このままこれを持って出ていけと言いたいのか。

開かれた鞄には、みっちりと紙幣が詰め込まれていた。

「あんたにこれをあげるから、アロイスと今すぐ離縁してちょうだい」

「まあ、すてきな提案！」

思わず、率直な感想を口にしてしまった。すると、フリーダが勝ち誇ったように言う。

「やっぱり、あんたは財産目当てでアロイスと結婚したんだね！」

「逆に聞くけれど、貴族の結婚に打算以外の目的があるわけ？」

貴族にとっての結婚とは、愛が伴うものではない。家と家の繋がりを強くするという、政治的な意味合いが大きいのだ。

ユースディアの質問に、フリーダは何も答えられなかった。親指の爪を噛み、ジロリとユースディアを睨みつけている。

瞳の奥に滾《たぎ》るギラギラしたものは、ユースディアの中にもある。

ユースディアとフリーダは、根本的な性質がよく似ているのだろう。

ただ、執着するものがそれぞれ異なっていた。

フリーダは、アロイスの気を引くことに命をかけているようだった。その目的が愛なのか、それとも公爵家の財産なのかは謎である。

一方で、ユースディアは金稼ぎに命をかけている。愛なんて、信じていない。困った時に助けてくれるのは、人の優しさではなく金なのだ。

「ねえ、フリーダ。私達、相性が最悪だわ。もう、関わらないほうがいいと思うの」

「だったら、あんたがここを出て行きなよ！」

フリーダは鞄の中の紙幣の束を掴んで、ユースディアに投げつけた。

ハラハラと、雪降るように紙幣が舞う。

最低最悪の行為であったが、ユースディアは悪い気はしなかった。なんせ、ぶつかったのは大好きな金である。札束にだったら、頬を叩かれてもいいと思うタイプなのだ。

「いったい、あんたは何を考えているっていうの？　心底、気味が悪い」

「それはフリーダ、お互い様でしょう？　まったく同じ言葉を、お返しするわ」

ユースディアの言葉に何も返さず、フリーダは立ち上がる。そのまま、挨拶もなしに出て行った。

侍女が、ユースディアの周囲に散らばっていた紙幣を回収し、鞄に詰めて持ち去った。

なんとなく、投げつけられた紙幣はもらってもいいのかも、なんて考えていた。だが、現実は厳しいものであった。

先ほどの件を、ユースディアはテレージアに報告に行った。

ユースディアに、金を渡すから家を出て行くよう提案された旨を説明すると、テレージアは顔を真っ赤にして怒る。

「あの、恥知らずが！　二度と、本邸に足を踏み入れることは、許さないわ！」

テレージアはすぐに、フリーダへ抗議文を送ってくれるという。その結果に、ユースディアは満足げに頷いた。

強い者には、強い者をぶつけておけばいいのだ。これで大丈夫。もう、心配はいらない。

そんなことを考えながら廊下を歩いていると、幼い少年が不安げな表情で、キョロキョロしながら歩いているのを発見した。

金の髪に、青い瞳をした、アロイスに面差しがよく似た六歳くらいの少年である。

一瞬、アロイスの隠し子かと思った。それくらいそっくりなのだ。

少年はユースディアに気づくと、恐れもせずに駆け寄ってくる。

「あの、すみません。ぼくのお母さまを知りませんか？」

「お母さま？」

「はい。フリーダ、と申します」

ここで、この少年がアロイスの甥ヨハンであることに気づいた。フリーダと一緒に、離れから本邸に来ていたのだろう。

だが、残念なことにフリーダはひとりで帰ってしまった。離れまで徒歩十五分ほどとはいえ、息子を置いて帰るなんて酷い母親である。

ヨハンはユースティアが頼りだとばかりに、キラキラとした瞳を向けていた。そんな彼に、「あなたの母親は、ひとりで家に帰ったわよ」などと言えるわけがない。

「フリーダは、その、急な用事を思い出して、先に家に帰ったの」

「そう、だったのですね」

ヨハンの瞳が、途端に陰る。気が利かない言い訳をしてしまったようだ。これだから、子どもは苦手なのだ。ユースディアは内心頭を抱え込む。

「あ、申し遅れました。ぼくは、ヨハンです」

まだ六歳だというのに、ずいぶんしっかりしている。ただ、愛らしいだけではない。テレージアが彼を可愛がる理由を、理解してしまった。

「私は、ディアよ。アロイスの、妻なの」

「ああ、アロイス叔父さまの、お嫁さまなのですね！　ご結婚、おめでとうございます」

「え、ええ。ありがとう」

もしかしなくても、ヨハンはユースティアより礼儀正しい。彼を見習わなくては、と思ってしまう。

「アロイス叔父さまは、優しくて、強くて、だいすきです」

「そう」

「ディアさまは、アロイス叔父さまの、どこがおすきなのですか？」

突然投げかけられた純粋無垢な質問に、ユースディアはたじろぐ。どこが好きかと聞かれても、ほいほい出てくるものではない。

ひとつ、思い浮かんだのは、アロイスの金払いのよさだ。これぱかりは、はっきり好きだと言える。しかしながら、子どもに言っていいものではないだろう。

ヨハンは期待の眼差しを、ユースディアに向けていた。これは、何かしら言わなければならない空気だろう。どうしてこういう状況になったのかと、叫びたくなる。だが、穢《けが》れを知らぬ子どもがいる手前、ゴクンと言葉を呑み込んだ。

ただ、嘘は言いたくない。だから、ユースディアはアロイスの好きな点を、搾《しぼ》り出して答えた。

「か、顔？」

ヨハンはユースディアをじっと見つめている。気まずくなって、額にじわっと汗を掻いた。

見た目ではなく、内面的なものを望んでいたのだろう。何かあったような気がしたが、今はこれっぽっちも思い出せない。焦るあまり、失念しているのだろう。

とはいえ、アロイスと聞いて、すぐに思い浮かぶのは美しい微笑みである。そうだ、笑顔と答えたらよかったのだ。

続けて言おうとしたら、ヨハンに先を越されてしまった。

「わかります！　ぼくも、アロイス叔父さまのお顔、すきです！」

ヨハンは嬉々としながら答える。アロイスの顔には、心の美しさが、優しさが溶け込んでいると。

ユースディアは額を押さえ、完敗だと負けを認める。

ヨハンはアロイスの顔から、内面を読み取って褒めたのだ。なんと完璧な六歳児だろう。

「あ――ディアさま、こんなところで、話し込んで申し訳ありません」

「気遣いも完璧なのかよ」

「はい？」

「なんでもないわ。それにしてもあなた、とってもしっかりしているのね」

「いいえ。しっかりしていたら、お母さまに置いて行かれることも、なかったでしょう」

しょんぼりと、うな垂れる。ユースディアの胸が、切なさで痛んだ。

このように愛らしく、賢い子を、どうして置き去りにして帰ったのか。

おそらく、フリーダは怒りに感情を支配され、周囲が見えていなかったのだろう。ヨハンは欠片《かけら》も悪くない。

あえて言うとしたら、フリーダを怒らせてしまったユースディアが悪いのだろう。

「このまま帰っても、お母さまの邪魔をしてしまうかもしれません」

「ヨハン……」

ユースディアはヨハンに手を差し伸べ、ある提案をした。

「だったら、私の部屋で暇を潰さない？　黒いリスがいるの。見せてあげるわ」

「く、黒いリスですか？」

「ええ」

かなりの臆病者だが、ヨハンには心を許すだろう。

ヨハンはユースディアの手を取った。小さくて、温かくて、弱々しい。そんな子どもの手を、ユースディアは優しく握った。

ユースディアはヨハンの歩調に合わせて、ゆっくりゆっくりと進んでいく。

子どもと手を繋ぐなんて、人生で初めてである。不思議な気分だが、嫌ではない。むしろ、しっかりこの手を握っていなければと思ってしまう。

これが庇護《ひご》欲《よく》なのかと、しみじみ思うユースディアだった。

部屋に戻ると、ユースディアに「おかえりなさい」と言う者がいた。

「ちょっと、なんであなたがいるのよ」

ユースディアを笑顔で迎えたのは、リリィであった。胸には、ムクムクを抱いている。

「なんでって、ムクムクに会いに来ただけですわ」

「先触れもなく？」

「あなただって、報告もなくアロイス様と結婚したではありませんか」

ああ言えばこう言う。リリィはユースディアの指摘などものともせずに、ムクムクに頬ずりしていた。

「あら、ヨハンではありませんか。久しぶりね」

「リリィさま、お元気そうでなによりです」

「あなたも、元気そうでよかったわ」

「はい！」

ヨハンの頬が、熟《う》れたリンゴのように真っ赤に染まる。

それに気づいた瞬間、侍女が耳打ちをした。以前より、リリィはヨハンと遊ぶことがあったと。

ヨハンはリリィを、姉のように慕っているらしい。微笑ましいものだ。

少年少女が、リスと戯れる様子は平和としか言いようがない。

ユースディアがぼんやりしている間に、ヨハンはムクムクと仲良くなっているようだった。

つい数日前まで、沼池の魔女として孤独に暮らしていたユースディアの部屋に、見目麗しい少年少女がいる。違和感しかない。

闇魔法を使う魔女は孤独であるべきだと、ユースディアは思っていた。

けれど太陽の光が差し込む部屋で、子ども達の笑い声が聞こえるのも、悪くないと思ってしまった。


夜──アロイスは今日も、ユースディアのもとへ現れた。

「毎晩、顔を見せに来なくてもいいのよ」

「私が、ディアの顔を見たいんです。迷惑であるのならば、止《や》めますが」

「別に、迷惑ではないけれど」

「よかったです」

安堵するアロイスを、じっと見つめる。改めて、美しい顔だと思った。

ヨハンは、アロイスの美貌に心の美しさと優しさが溶け込んでいると話していた。本当かどうか調べたかったが、実際に見ても「実に美しいな」としか思えない。

「ディア、どうかしましたか？」

「いいえ、ヨハンが――。あ、そう。ヨハンに会ったわ。あと、フリーダとも」

「義姉は、ついでですか」

「ついでじゃないわ。王都で会った人の中で、もっとも曲者《くせもの》だったわよ」

アロイスにも、フリーダが金を持って家を出て行けと提案してきた話を包み隠さず報告した。

「あの女性《ひと》は、本当にしようもない人ですね」

「さすがの私も、驚いたわ」

しかし、ぐったり疲れた心を、ヨハンが癒やしてくれた。こればかりは、収穫であった。

「フリーダはああだけれど、ヨハンはいい子ね」

「まっすぐのびのびと、育ってくれました」

ここで、意外な情報をアロイスはもたらす。なんと、テレージアはヨハンを養子に迎えようとしているらしい。

「それって、ヨハンを養子にして、フリーダと縁を切ろうとしているの？」

「ええ、まあ。そんな感じかと」

だが実現にはほど遠いらしい。フリーダはヨハンを手放す気は、いっさいないようだった。

「なんか、すみません。私の問題に、巻き込んでしまって。命じていた人払いも、あまり効果がないようで……」

「仕方がないわ。使用人が防げないぐらい、活動力《バイタリティ》に溢れる人達ですもの」

それに、出会いは悪いものばかりではない。ヨハンのような、愛らしい子とも出逢えた。

「それにしても、ヨハンはあなたそっくりね。隠し子かと思ったわ」

「ええ……」

憂鬱そうな返事である。珍しく、眉間に皺を寄せ、深いため息をついていた。

「もともと、私と兄の面差しは似ていたのですが、それでも、ヨハンは私のほうによく似ているのです」

奔放なフリーダの振る舞いを目にした者達が、裏で「息子は義弟の子ではないのか？」などと心ない悪口を広めていた時期もあったらしい。

「兄の死は、私が事故を偽装したのだと、言う者もいました」

「酷いわ」

「ええ」

聞き過ごすことのできない噂話を広めた者を、そのまま泳がせておくわけがなかった。ひとり残らず調べ上げ、謝罪を要求し、きちんと法の上で裁いてもらったようだ。

なんというか、さすがである。ユースディアはしみじみと思った。アロイスの中で甘いのは、顔だけなのだろう。敵に回したくないタイプである。

「噂話を流していた者に話を聞いたら、証拠はなかったけれど、私を恨めしく思っていたと」

「あなたでも、恨みを買うのね」

「すべての人から好かれる者なんて、いないですからね」

隠し子問題と兄を暗殺したという噂話は、アロイスが訴えたことにより収束した。

「大変な目に遭っていたのね。ごめんなさい、知らずに言ってしまって」

「いえ、私に直接言うのであれば、問題はありません。その都度、否定すればよいのですから」

その後、廊下に飾ってある兄レオンの肖像画を見せてもらった。亡くなる半年前に、描かせたものらしい。髭を生やした、威厳《いげん》のある男性が描かれている。

「たしかに、雰囲気は似ているわね」

「ええ」

しかしながらレオンとアロイス、どちらがヨハンの父親かと聞かれたら、十人中九人はアロイスだと答えそうだ。それほど、アロイスとヨハンはそっくりだった。

「幼少期の兄と私は、見間違えるほど似ていたらしいので、ヨハンも大きくなったら、兄のような見た目になってしまうのかもしれません」

「そうね」

兄のことを思い出したせいか、珍しく、落ち込んだ後ろ姿を見せるアロイスの背を、ユースディアは励ますようにポンと叩いた。

アロイスは驚いた顔で振り返る。

「気にすることなんてないわ」

「はい……。ありがとう、ございます」

アロイスは泣きそうな表情で、ユースディアを見つめる。

不安げで、夢も希望もない。そんなアロイスは、美しい笑顔でいるときよりもずっと人らしい。

何もかも恵まれ、光当たる場所で生きている人なんていない。皆、どこか心に闇を抱えて生きているのだ。

人が心に抱える闇に触れた瞬間、本当の姿が見えてくるのかもしれない。

ユースディアは初めて、アロイスの本心の欠片に触れたような気がした。

それでも、深く、知りたいとは思わない。

ユースディアとアロイスを繋ぐのは、かりそめの結婚。それに、彼は半年後に呪われて死ぬ。

なるべく、情をかけないようにしなくては。でないと、彼の死はユースディアの心に永遠に消えない影を落としてしまうだろう。

「もう、休みましょう。アロイス、あなたは疲れているのよ」

「そうですね」

月光が差し込む廊下を並んで歩き、寝室の前で別れた。

◇　◇　◇

アロイスの態度はさらに甘くなったように思える。

不安を吐露した日、ユースディアが励ましたから、さらに心を許すようになったのか。

これまで、アロイスが何を言ってもユースディアは信じなかった。

しかし今は、情熱的な瞳を向け、こちらの心を揺さぶるようなことを言うのだから、ユースディアとしても戸惑わざるをえない。

アロイスのユースディアに対する好意的な感情に、火が灯ったと言えばわかりやすいのか。

ただ、アロイスは腹芸がトコトン得意なタイプだろう。ユースディアをこの家に引き留める演技である可能性も捨てきれない。

嘘か本当か、見極めたいと思っていたのだが、アロイスの美貌を前にすると、なかなか冷静な判断がつかない。頭がぼんやりして、もう好きにしてと思ってしまうときもあった。

ユースディアの警戒が緩んでいるのか。それともアロイスの言動や態度が真実味を帯びているからか。

色恋沙汰とは無縁だと思っていたのに、毎日優しくされてどうにかなりそうになる。

もう、騙されたことにして、受け入れようか――なんて考えていたが、すぐに我に返る。

危ない。このままでは、アロイスという名の沼に嵌まり、抜け出せなくなってしまう。

危機感を覚えたユースディアは、闇魔法を用いて、ある品を作る決意を固めた。

夜――久しぶりに沼池の魔女の正装である黒衣を纏う。月光が差し込むテーブルに、魔法道具を並べた。

『ご主人、何を作るのです?』

「自白ワインよ」

『な、なんですか、それ』

「グラス一杯飲んだら五分の間、嘘がつけなくなるワインなの」

このワインをアロイスに飲ませて、本当の気持ちを引き出すのだ。

『な、なぜ、そんなことを?』

「こうでもしないと、私の心がもたないのよ」

現状、ユースディアはアロイスに振り回されている。

だが、発せられる言葉がいちいち嘘であるのならば、軽く聞き流せる。半年間、耐えることも可能だ。

『でも、でもでも、本当だったらどうするんですか～?』

「距離を置く」

それから、無言で自白ワインを作る。

まず、白の魔石を砕いて粉末状にし、魔法で作った水に溶かす。これに、自白作用のある薬草を混ぜて、最後に鍋でぐつぐつ煮込んだら自白ワインの完成である。

グラスに注ぐと、真っ黒だった。成功の証である。

「ふふふ……!　できたわ!」

『ご主人、毒にしか見えないですよ』

「これはね、空気に触れると、赤くなるのよ」

ユースディアの言う通り、注いだ当初は黒かったが、しだいに赤くなっていく。

それを、ワインの瓶に移し替えたら、完璧だ。侍女にワインを渡し、アロイスが帰ってきたら持ってくるように命じておく。

「私の計画は、完璧よ！」

『なんでだろう。成功する気がしないのは……』

「ムクムク、何か言った⁉」

『いいえ〰〰、何も！』

そうこうしているうちに、アロイスが帰ったという知らせが届く。

ユースディアは部屋で酒を飲んでいた、という体《てい》でアロイスの帰りを待っていた。

もちろん、本当に優雅に酒を飲んでいたのではなく、アロイスが帰ったと聞いてから侍女に用意させた状況であった。

「珍しいですね。ディアが、酒を飲んでいるなんて」

「私だって、お酒を飲みたくなる日もあるわ」

「いったい、何があったのですか？　あなたの心を傷つけるような者が、いたのですか？」

アロイスはユースディアの前に迫った。

「いったい誰なのですか？　成敗しますので」

「いやいや、違うってば！　別に、何かがあったわけではないのよ」

ここで、侍女が追加分と称して自白ワインを持ってきた。すばらしいタイミングである。

「あなたも、一杯付き合いなさいよ」

「私は、そこまで強くないのですが」

「いいから、飲みなさい」

自然に、アロイスへ自白ワインを飲ませる流れに導くことに成功した。ユースディアは心の中で、小躍りする。

空いているグラスに自白ワインを注ぎ、アロイスへ差し出した。

「どうぞ。薬草を利かせた、少し変わったワインよ。私のお気に入りなの」

「そうだったのですね。では、一杯だけ」

アロイスは自白ワインを、一気に飲み干した。喉を通り過ぎた瞬間、一瞬だけ小さな魔法陣が浮かび上がる。正しく作用した証《あかし》だ。

「いい飲みっぷりじゃない。もう一杯いかが？」

「とてもおいしいワインなのですが、明日も仕事ですので」

「そう。ワイン自体は、好きなのね」

「はい」

強くないだけで、ワイン自体は好んでいると。この情報も、嘘偽りないものだろう。

時間がもったいない。ユースディアは核心に触れる質問を投げかける。

「そういえば、結婚について、周囲の人達にいろいろ言われているんじゃないの？」

「いえ、結婚についての質問には、なるべく答えないようにしています」

「ふうん。黙秘をしているってこと？」

「そう、ですね」

「どうして？　やっぱり、私との結婚を、後悔しているの？」

「まさか！　ディアのことを、他の人に教えたくないからです。独り占めしたいのですよ」

顔色ひとつ変えずに、アロイスは言い切った。ユースディアは動揺してしまう。

「独り占めって――別に誰かに言っても減るものじゃないでしょう？」

「減りませんが、ディアに会わせてくれと頼まれるのが、嫌なのです」

「へ、へえ、そう」

自白ワインを飲んでいるので、すべて本当の気持ちである。

アロイスはユースディアを独り占めしたいと考え、他人に会わせる気はさらさらないと。

ユースディアに対するアロイスの好意は本物なのか。そもそも、好意ではなく、それ以上の大きな感情である可能性だってあった。

それを探らなければならないのに、アロイスがいつも以上に熱い眼差しを向けてくるものだから、ユースディアは酷く落ち着かない気持ちになる。

「ディアと結婚してから、毎日楽しいですし、家で待ってくれていることを考えると、幸せな気持ちになります。こうして、一緒に過ごす時間も、とても楽しいです。心から、感謝しています」

「あ……えっと、うん」

体全体が熱くなり、ユースディアは手元にあったワインをグラスに注ぎ、一気に飲み干す。

苦みと、強い薬草の風味が口の中に広がった。

ごくんと呑み込んだ瞬間に、これはワインではなく、自白ワインだと気づく。

喉が、カッと焼けるように熱くなった。魔法陣が浮かんだのだろう。

さっそく、自白ワインの効果が発揮される。

「やだ、自白ワインを飲んでしまったわ‼」

「自白ワイン、ですか？」

「ええ、そうよ。一杯飲んだら、五分の間、嘘をつけなくなる闇魔法のワインなの」

「どうして、そんなものを？」

「あなたの本心を探るために、わざわざ作ったんだから！」

言い終えたあと、ユースディアは両手で口を塞ぐ。しかし、言い終えてしまったので、あまりにも遅い。

アロイスはきょとんとした顔で、ユースディアを見つめていた。

「探りたいと思ったのは、先ほどの、唐突な結婚についての質問ですか？」

「ええ、そうよ」

言いたくないのに、意思に反して勝手に喋ってしまう。初めて作った自白ワインは、効果を最大限に発揮する逸品だったわけだ。

アロイスは自白ワインを飲まされ、怒っているだろう。そう思ったのに、なぜか口元を押さえて瞳を潤ませていた。

「な、何よ！」

「自白ワインを私に飲ませて、結婚についてどう思っているか聞き出すディアが、とても愛らしいと思ったのです」

「なっ‼」

アロイスの自白ワインの効果はまだ続いている。そのため、本当にユースディアを愛らしいと思っているのだろう。

「可愛らしい人だと思っていましたが、想像以上でした」

「か、可愛くないでしょうが！　背は王都の女性より高いし、不吉な黒い髪だし、顔もきついでしょう？」

「ディア、〝可愛い〟は、見た目ではないのですよ。中身です」

「は⁉」

「一度可愛いと思ったら、すべてが可愛いと思ってしまいます」

「ちょっとあなた、何を言っているのよ。冗談も、ほどほどに――」

「自白ワインの効果が続いているので、嘘ではないです。本心ですよ」

「くっ……！」

こんなはずではなかった。アロイスの嘘を引きずりだして、普段の言葉は真に受けないようにしようと考えていたのだ。

アロイスは、嘘をついていない。すべて、本心をユースディアに語っていたのだ。

作戦は大失敗だ。

アロイスの言葉は嘘ではなかった上に、ユースディアまでも自白ワインを飲んでしまった。

どうしてこう、抜けているのか。もう、胸を張って邪悪な沼池の魔女と名乗れない。

「ディア、私の質問にも、答えていただけますか？」

「嫌よ！」

「残念です。私をどう思っているのか、聞きたいと思っていたのですが」

口を塞いだのに、言葉が先に出てしまった。

「あなたのことは嫌いではないわ。でも、よくわからないの」

「わからない？」

「だって、私はあなたのことを、ほとんど知らないもの」

どういう環境で育ち、何を信条として生きてきたのか。短い時間の中では、知りようがない。

「そうでしたね」

アロイスは、もう一杯自白ワインを注ぐ。それを、一気に飲み干した。

これから話す内容は、嘘のないものである。そう宣言したかったのだろう。

「少し、話を聞いていただけますか？」

ユースディアが頷くと、アロイスは遠い目をしながら話し始める。

「公爵家の次男として生まれた私は、幼少期より兄と同じ教養や礼儀作法を叩き込まれました。それが、公爵家のしきたりで、なおかつ私自身も期待されているからだと思っていたのです」

しかし――そうではなかった。アロイスは長男レオンの予備《スペア》だったのだ。

レオンが健康に育ち、正しく教養や礼儀を身につけ、公爵になるに相応しい状態になるやいなや、アロイスの身は騎士隊へと預けられる。

「王族へお仕えするのは、公爵家の次男以下に課せられた慣習でした」

それまで学んだ内容は、騎士隊でも大いに役立った。しかし、予備扱いされていた事実は、アロイスの心にほの暗い影を落とす。

「以降、誰の言葉も、心に響かなくなってしまったのです」

どうせ、アロイス個人としては、誰も見てくれない。皆、〝公爵家のアロイス〟として、愛想よく接しているだけなのだ。

それも、仕方ないと考える。自らは〝公爵家のアロイス〟で、間違いないのだから。

家の援助がなければ、騎士でさえ務まらない。

風のように早く走る馬も、磨かれた剣も、アイロンがかかった制服でさえ、各自で用意しなければならないのだ。

隊からの支給品もあるものの、大量生産されている物で、そこまで質のいい品ではない。

貴族に生まれた者として見劣りしない装備を、常に揃える必要があるのだ。個人では、とても続けられない。

騎士としてあり続けることの難しさを、アロイスはよくよく理解していたのである。

やがて正騎士として叙勲され、王太子付きとなった。

その数年後――兄レオンが事故で亡くなる。アロイスが公爵位を継ぐこととなった。

「公爵家の私と、公爵の私とで、周囲の態度はガラリと変わりました。爵位を持っているか、いないかで、人の態度はこうも変わるものかと、呆れを通り越して、逆に感心してしまうほどでした」

常にたくさんの人がいるのに、アロイスは孤独だったという。心の壁は、日に日に厚く、高くなっていく一方だったと。

「これまでの私は、周囲が望むように、誰にも迷惑をかけず、生きてきました」

しかし、至極まっとうに生きてきたアロイスの身を、呪いが襲った。

「呪いだと判断された晩は、さすがにショックでした」

命は限られているといっても、やりたいことなどない。

けれども、呪いをそのまま受け入れるつもりもなかったようだ。

ふと、呪いを解いてみようかと決意したところ、幼い頃に聞いた乳母の話を思い出したという。

「おとぎ話のような話を信じて旅に出るなんて、これまでの私からしたら、考えられないほど無駄な行為でした。しかし、沼池の魔女は存在していたのです」

噂を信じ、森の奥地へと進んだら、古びた家が見えた。その瞬間、アロイスは心が震えたという。

「こんなにワクワクしたのは、いつぶりだったのか。覚えていません。そんな森の家にディア、あなたがいたのです」

闇魔法を自在に使うという魔女は、古くから恐れられてきた。

しかしユースディアはその魔女の枠に当てはまらない、お人好しな魔女だったのだ。

「ディアが私を不審な目で見た瞬間、ちょっと嬉しかったんです」

「どういう感情なのよ」

「だって、突然やってきて不審でしかない私を、正しく不審な目で見てくれたので」

「わけがわからないわ」

どこに行っても、アロイスは公爵家という身分を通して見られる。アロイスだと知らなくても、身なりや振る舞いから、貴族であると勘づかれてへりくだった態度を取られる。

誰も、アロイス個人を見ていない証拠であった。

「あなたも、そうだと思っていました。私が公爵家の者だと名乗れば、態度を改めると」

しかし、ユースディアは違った。公爵と名乗るやいなや、余計に不審な目で見つめてきたのだ。

「それでいてあなたは、呪いの発作で苦しむ私を前に、大切な生活費と引き換えに、魔法をかけてくれました」

それは、公爵であるアロイスに恩を売ろうと思ってしたことではなかった。苦しんでいるアロイスを見捨てることができず、しぶしぶ行ったものだった。

だから、紙幣を失ったあと、彼女は激しく涙した。その姿から、見返りなど求めていない行動だったと気づいたのだという。

「なんていじらしく、お人好しで、心優しい人なのだろうと、思ったのです。あなたと一緒ならば、余生はさぞかし楽しく過ごせるに違いない、と思ったわけです」

アロイスはユースディアから顔を俯かせ、独り言を呟くように話していた。

自分の気持ちを、ユースディアに押しつけるつもりはないと示したいのか。

アロイスは顔を上げ、少し傷ついたような表情でユースディアに訴える。

「今の話は、忘れてください」

これも、アロイスの本心だろう。

胸がじんと、熱くなる。体が、震えた。

それは、アロイスに対する憐憫《れんびん》からなのだろうか。ユースディアにはわからない。

今すぐ駆けよって、抱きしめてあげたい衝動に駆られた。

これまで、アロイスはたくさんの女性に愛されてきたのだろう。けれど、長い間孤独を感じていた。それは、誰も本当のアロイスを愛していなかったからだ。

そんな彼の手を掴んだのは、ユースディアただひとり。

話を聞いているうちに、胸が切なくなる。

アロイスを、助けてあげたい。呪いから、解放してあげたい。

初めて、そんな気持ちに襲われる。

この可哀想な人を、ユースディアは救い、守りたいと強く思った。

そもそも、誰がアロイスを呪ったのか。

呪いについては、話だけでも触れるのは恐ろしい。関わったら、ユースディアにも影響を及ぼす可能性があるからだ。

けれど、今ユースディアが勇気を出さなかったら、アロイスの命は呪いに侵されてしまう。それだけは、絶対に見過ごせない。

「ねえ、誰が、あなたを呪ったの？　心当たりは、ある？」

「恨みは、各方面から買っているでしょう。誰が、というのは、見当もつきません」

「呪われたのは、いつなの？」

「兄が亡くなって、爵位を継いだあたりです」

「そう」

ユースディアは立ち上がり、アロイスの傍に寄る。隣に腰掛け、膝の上にあった手に触れた。冷たい手だった。

「行動や言動が、引っかかった人がいるでしょう？　全員、教えて」

「知って、どうするのですか？」

「あなたの呪いを、解くのよ！」

アロイスの蒼穹《そうきゅう》の瞳が、驚きで見開かれる。ユースディアが呪いを解いてやると提案するなど、夢にも思っていなかったのだろう。

「しかし、解呪は難しいと、以前おっしゃっていましたよね？」

「ええ、難しいわ。でも、相手を特定したら、危険が半分以下になるのよ」

「その方法は？」

「呪いを解けと、蹴ったり殴ったりするの」

「物理的なものでしたか」

「ええ」

アロイスは眉間に深い皺を寄せ、何やら考え込んでいる。

「どうしたのよ？」

「ディアを、私の呪いの騒動に巻き込んでいいものか、今一度考えているのです」

「何よ。依頼をしに来たくせに」

「あのときとは、あなたへの気持ちが、あまりにも違いすぎるんです」

今は、ユースディアを呪いの問題に巻き込みたくない。そういう想いが強いという。

「そんなことを言って、この世に未練がないわけ？」

「未練……」

アロイスは顔を上げ、ユースディアを見つめる。

けれど、すぐにぶんぶんと首を横に振り、唇をきゅっと結ぶ。どうやら、考えを変える気はないらしい。

ユースディアはため息をひとつ零し、アロイスに指摘する。

「あなた、疲れているのよ」

「そうなのかもしれません。こういうときは、眠ったほうがいいのでしょうが、よく眠れなくて」

「だったら、気分転換でもしなさい」

「気分転換、ですか？」

「そうよ。今度、休みの日にどこかに出かけましょう。きれいな景色をボーッと眺めていたら、疲れもふっとぶわ」

「そう、ですね。いいかもしれません」

もうずいぶんと、行楽になど行っていないという。

「だったら、休みは何をしていたのよ」

「爵位を継ぐ前は、稽古をしたり、剣の手入れをしたり。爵位を継いでからは、もっぱら領地の経営に関連した、書類の決裁ばかりしていましたので」

「ぜんぜん休んでいないじゃない」

「ですね」

三日後が休日らしい。急ぎの仕事はないというので、出かけることとなった。

「せっかくだから、ヨハンを誘いましょう」

ついでにリリィを誘ってみようか。人数は多いほうが楽しいに決まっている。ユースディア自身、行楽に行った記憶などないが、彼女の愛するロマンス小説にそう書いてあったのだ。

「どこか、景色がきれいなところを知っている？」

雪が降り積もる毎日で、行楽シーズンではない。けれど、どこかにあるはずだと思い、質問してみる。

「今だと、アイスフィッシングくらいしかないかと」

「何よ、それ」

「凍った湖に穴を開けて、釣りをするんです」

なんでも、幼少期は家族でよく行っていたらしい。湖の畔《ほとり》にロッジがあり、そこで釣った魚を食べられるそうだ。

「へえ、楽しそうじゃない」

「でしたら、アイスフィッシングに出かけましょう」

「はい」

あっさりと、予定が決まった。

これにて解散と思いきや、引き留められる。

「何よ」

「おやすみのキスを、したいのですが」

「は!?」

「おやすみのキスです」

「聞き返したんじゃないのよ。何を言っているの？　という意味だったの」

「夫婦間では、ごくごく普通に行われるものだと思っていたのですが」

言われてみれば、たしかにロマンス小説ではよくおやすみのキスをしていた。

挨拶のようなもので、別に恥ずかしがることではないのでは？　ユースディアはぐるぐると、頭の中で考える。

「嫌、なのでしょうか？」

「別に嫌じゃないわよ」

反射的に、言い返してしまう。本心が飛び出してきたので、思わず口を手で覆った。

嫌ではないとわかったからか、アロイスはユースディアのほうへとやってくる。

長椅子の縁に手を置き、腰かけるユースディアの頬に背後からキスをした。

「――なっ！」

「おやすみなさい。よい夢を」

アロイスは部屋から去って行く。

キスされた頬が熱を帯びているような気がして、ユースディアは氷の入ったグラスで冷やした。

ドキドキと高鳴る胸がうるさい。

挨拶ごときのキスで、こうなってしまう自らに苛《いら》ついてしまった。

◇◇◇

ユースディアの毎日は相変わらずであった。

オスカーが持ってきた嫌がらせシリーズの贈り物を受け取り、時折テレージアにお小言をもらいつつ昼食を食べ、午後からは遊びにやってきたリリィやヨハンの相手をする。

夜はほんのちょっと闇魔法の素材を作り、アロイスに会ってから眠るという感じだ。

王都での暮らしなんてつまらないと思っていたのに、意外と楽しい。充実した日々を送っていた。

そんな中で、久しぶりにアロイスが早く帰ってくるという。一緒に夕食を食べたいと書かれたカードが、昼間に届けられた。マメなものである。

テレージアは会食に出かけるというので、夫婦水入らずになるというわけだ。

侍女は真っ昼間から、夜に着るドレスや宝飾品を選んでいた。

別に、着飾らなくてもいいのに。そう思ったが、口に出さずに好きなようにやらせておいた。

「奥様、こちらのパウダーブルーのドレスと、パールホワイトのドレス、どちらがよろしいでしょうか？」

パウダーブルーのドレスは、袖がないタイプのドレスで、首元も詰まっており体のラインに沿う形であった。一見して大人っぽい意匠であったが、裏返すと背中がこれでもかとばかりに開いていた。意外な場所が、露出しているのである。

パールホワイトのドレスは、レースやリボンが品よく飾られ、スカートはふんわりと広がっている。清楚な印象のドレスであるものの、胸元が大きく開いていた。胸が零れてしまうのでは？と思うほど、布地の範囲が狭い。

背中か、胸か。ユースディアは眉間に皺を寄せて、熟考する。

正直、露出は最小限に抑えたい。けれど、夜のドレスはどこかしら露出があるのだ。

足首をさらけ出すのは恥ずかしい行為だという常識の中で、胸や背中は問題ないという認識にユースディアは首を傾げてしまった。

どうせ、他のドレスを用意するように命じても、同じようにどこか露出しているのだろう。吟味するだけ、時間の無駄だ。

幸い、ドレスの意匠は好ましい。あとは、背中か胸、どちらを露出させるかである。

「迷うわね」

以前、侍女から「背中がとてもおきれいです」と褒められたことがあった。磁器のようになめらかだとも。

「背中……背中がマシか」

胸は、うっかり零れてしまいそうで恐ろしい。その点、背中は安心だ。背後を取られない限り、見られることもない。

ユースディアは腹を括る。

「パウダーブルーのドレスにするわ。宝飾品や髪飾りは任せるから」

「かしこまりました」

侍女らは恭しく会釈し、下がっていく。

ドレスを選んだだけだったのに、酷く疲れてしまった。

夕方――約束の二時間前から身支度を開始する。

風呂に入って体を磨かれ、濡れた髪には丁寧に精油が揉み込まれる。

頭のてっぺんから足のつま先まで、くまなくきれいにしてもらった。

化粧を施し、髪を結ってから、パウダーブルーのドレスが着せられた。

背中がスースーしているが、気にしたら負けなのだろう。

「奥様、今日もおきれいです」

「そう。ありがとう」

相変わらず、公爵家の侍女はすばらしい腕前である。長年引きこもっていたユースディアを、洗練された都会の女のように仕上げてくれるのだ。

アロイスは、どう思うだろうか。少しだけ、ドキドキしてしまった。

そんな彼は、約束していた時間にきっちり戻ってきた。

いつもと違い、騎士隊の制服だったのでユースディアは目を見張る。

「すみません。いつもは着替えて帰ってくるのですが、少々仕事が立て込んでしまいまして」

基本的に、アロイスは職場で騎士隊の制服に着替える。そのため、ユースディアは初めてアロイスの制服姿を見たのだ。

金のモールで縁取られた詰め襟の制服は、アロイスのために仕立てたのではと思うほどよく似合っている。美貌も、普段の五割増しくらいに感じてしまうほどだ。

本人に似合う服装は大事なのだと、ユースディアはしみじみ思っていた。

「ディア、今宵《こよい》は、すてきな装いですね」

とろけそうな微笑みで、感想を口にする。ユースディアは恥ずかしくなり、早口で言い返した。

「侍女が頑張ってくれたのよ」

パウダーブルーのドレスは、ユースディアに驚くほどしっくり馴染んだ。

肌の色や瞳の色を考慮して、侍女が厳選した一着なのだ。似合うのは当たり前なのである。

「では、食堂に行きましょうか」

「そうね」

アロイスはエスコートするために、そっとユースティアの背中に触れる。それは、本日の装いで特別に露出している部分であった。

ユースティアの胸が、ドクンと跳ねる。

アロイスは手袋を嵌めている。直接手が触れたわけではないのに、酷く恥ずかしい気持ちになった。羞恥を押し隠し、なんでもないように歩くというのは、とても難しい。アロイスの話もまともに理解できぬまま、食堂へとたどり着く。

扉の前にいた給仕係が、気まずげな表情でアロイスをジッと見た。

「どうしたのですか？」

給仕係はアロイスに何かを耳打ちする。アロイスの瞳が、ハッと見開かれた。

「どうしたの？」

ユースティアの質問に、ため息が返される。アロイスが答える前に、扉が開かれた。

ひょっこりと顔を覗かせたのは、フリーダであった。

「ちょっ――――！」

「義姉上……」

アロイスは勘弁してくれと言わんばかりの声色だった。

「ふふ。アロイス、お帰りなさい。あたし、ずっとここで、あんたの帰りを、待っていたんだよ」

フリーダはユースディアなどまったく眼中にないようで、潤んだ瞳をアロイスに向けていた。

「義姉上、なぜここに？」

「早く帰ってくるって聞いたから、一緒に食事でもしようかと思ったんだ」

どこからかアロイスが早く帰宅するという情報が漏れたのだろう。

「義姉上、今日は――」

アロイスの言葉を最後まで聞かずに、フリーダはくるりと踵《きびす》を返し席につく。そこは、ユースディアのために用意されていた席であった。

「いや、なんていうか、逆にすごいわ、あの人」

「……」

アロイスはフリーダについての不快感を口にしなかったものの、背中から燃えるような怒りを沸き上がらせているのが見て取れた。

「ねえ、ここまで堂々とできるのは、逆に見事よ。そう思わない？」

ユースディアの率直な感想に、アロイスはうんざりしつつ言葉を返す。

「このまま、一緒に食事をすればいいのですか？」

「そうね。それも、面白いかもしれないわ」

「本気ですか？」

「ええ」

そんなわけで、フリーダと三人で食事を取ることにした。

アロイスは用意されていた席に座らず、ユースティアのために新しく用意した席の隣に腰を下ろした。

「ねえ、フリーダ。ヨハンはどうしたのよ」

ユースティアが質問を投げかけたところ、キョトンとした顔を返す。

「ヨハンよ、ヨハン！」

「なんで、ヨハンについて、あたしに聞くんだい？」

「あなたが、母親だからよ」

フリーダはくすくす笑い始める。

「貴族女性は、子育てをしないんだよ。息子が今、どうしているかなんて、知るわけがない」

「子育てしなくても、気に懸けることくらいするでしょうが！」

フリーダは乳母に子育てと教育を頼んでいるというより、ヨハンに対する責任を放棄しているように思えた。一刻も早く、テレージアがヨハンを養子として迎え入れたほうがいいとユースティアは強く思う。

「それよりあんた、お義母様にあたしとの取り引きについて、密告したね？」

「したけれど、何か？」

「何かじゃないわよ！　あのババア――じゃなくて、お義母様は、あたしを世紀の悪女みたいに責め立ててきたんだよ！」

さすが、テレージアである。フリーダを世紀の悪女扱いするなど、センスが最高だ。敵対したら厄介な相手だが、味方に引き入れると実に頼りになる。

ユースディアは勝利に酔いしれていた。

相当、厳しく叱ったのだろう。フリーダはユースディアに対し、激しく憤《いきどお》っているようだった。

そんな彼女の勢いを止めたのは、冷ややかなアロイスの一言である。

「義姉上、ディアとの取り引きというのは、なんですか？」

フリーダはハッとなる。感情に身を任せるあまり、アロイスがいるのも失念したようだ。

アロイスは取り引きについて知っていたが、敢えて聞いたのだろう。容赦ない男である。

「な、なんでもないわ。忘れてちょうだい」

「そうするわ」

ユースディアが尊大に言葉を返すと、フリーダは悔しそうに顔を歪ませていた。

食事をする間、終始フリーダに睨まれていた。けれど、アロイスという最強の盾がある以上、彼女に勝ち目はないのだ。


翌日――リリィが訪問してきたので、アイスフィッシングに誘ってみた。

「アイスフィッシング、ですって？」

「ええ。アロイスと、ヨハンと行くのだけれど、あなたもどうかしら？」

リリィはすぐに返事をせず、じっとユースディアを見つめている。

「何？」

「わたくし、アロイス様が好きだという話を、あなたにしていたと思うのだけれど？」

「ええ、していたわね」

「どうして、誘ってくれましたの？」

「あなたがいたら、ヨハンが喜ぶと思ったの。それだけよ」

「普通、旦那様に好意を抱いている女なんて、誘いませんわ」

「フリーダは死んでも誘いたくないけれど、あなたは別に」

リリィがアロイスについてああだこうだとユースディアに物申していたのは、屋敷に押しかけた当日だけであった。あとは、ムクムクと戯れ、ヨハンと遊ぶだけの人と化している。リリィがいたらヨハンが喜ぶし、今はユースディアに対し特に害はないので、誘ったのだ。

「なぜ、アロイスについて何も言わなくなったわけ？」

「それはアロイス様が、我が家に結婚報告をしに来たから」

以前より、リリィの父親はアロイスに対して「娘と結婚してくれないか」と打診していたようだ。アロイスは正式に断っていたらしいが、彼が独身で居続ける限りリリィの父親は諦めていなかったという。

「報告にいらしたとき、アロイス様は、幸せそうに微笑んでいらして――」

その様子を目の当たりにしたら、何も言えなくなったという。

「わたくしは今も、アロイス様をお慕いしております。けれど、その気持ちを押しつけるつもりは毛頭ありませんの」

愛する相手が幸せだったら、静かに見守るまで。それが、リリィの愛の形だという。

「ですので、あなたにいろいろ物申さないことにしていましたの」

「ふうん。だったらどうして、公爵邸に通い詰めているのよ」

以前までのリリィは、こんな風に毎日のように訪問することはなかったという。多くても、週に一度くらいの頻度だったと。ユースディアが来てから、連日訪問するようになったらしい。

「それは、ムクムクに会いたいからに決まっているじゃない！」

リリィはクッションに座っていたムクムクを抱き上げ、頬ずりする。

ムクムクもリリィを気に入っているようなので、ユースディアは「お幸せに」と声をかけるばかりであった。

「それで、アイスフィッシングは行くの？　それとも行かないの？」

「まあ、あなたがどうしてもと言うのならば、行ってあげなくもないわ」

正直、頭を下げてまで同行してほしいとは思わない。だが、リリィがいたら確実に、ヨハンは喜ぶだろう。

ユースディアは渋々と、リリィに頭を下げて同行を願ったのだった。

◇　◇　◇

アイスフィッシングをするために、王都から馬車で三時間離れた場所にある湖を目指す。

集合は日の出前。

ヨハンは初めての遠出だという。楽しみなあまり、昨晩はあまり眠れなかったようだ。

「うう……。眠たいけれど、ぜったいに、眠りません」

「馬車の中で眠ればいいじゃない」

「アロイス叔父さまや、リリィさまと、たくさん、たくさんお喋りを、したいんです」

「そうね」

おそらく、馬車が走り始めたらすぐに眠ってしまうだろう。うとうとするヨハンは、アロイスが抱き上げて馬車まで運んでくれた。

リリィはというと、気合いの入ったドレス姿に、毛皮の外套を合わせていた。

先ほどまで集合時間が早すぎると憤っていたが、アロイスに早起きを褒められると、満面の笑みを浮かべる。

微笑ましい気持ちで眺めていたら、「勝手にこちらを見ないでいただけます?」と言って、ツンと顔を逸らしていた。

案の定、ヨハンは馬車が動き始めると、アロイスの膝を枕にして眠り始める。

「やっぱりこうなりましたか」

「仕方ありませんわ。昨晩は、眠れなかったようですから」

「三時間の移動なんて退屈だから、眠りながら過ごすのが大正解なのよ」

ムクムクも、リリィの膝で眠り始める。車内は実に平和だった。

「ねえ、アロイス。リリィに、発作について話しておいたほうがいいわよ」

ユースディアの発言に、アロイスはギョッとする。

「アロイス様、発作って、なんですの？」

「いえ、なんでも――」

「死の呪いよ」

リリィはただでさえ大きな瞳を、さらに大きく見開く。

「ディア！　彼女に話すことではありません」

「だったら、呪いの発作が起きたときに、なんて言い訳をするの？　いつ呪いの発作が起きるかわからない状況なんでしょう。一日一緒に行動する以上、ヨハンみたいな幼い子には隠せても、リリィは無理よ」

「……」

アロイスは眉間に皺を寄せ、険しい表情でいる。一方で、リリィは信じがたいという感情を、口元を隠して押し殺しているように見えた。

「アロイス。苦しみはね、人に話すことで、少しずつ、少しずつ楽になるのよ。いろんな人に話せるようになったら、それは、あなたの中で苦しみが軽くなった証拠なの。今、話せないのは、苦しみが大きいからなのよ」

ユースディアの言葉を聞いたアロイスの瞳に、光が宿った。胸に、響いたのだろう。

それから、アロイスは呪いについてリリィに話し始める。

リリィは顔を真っ青にさせ、かすかに震えていた。行楽のときに、話す内容ではなかったのかもしれない。けれど、呪いは一日一回発動される。きちんと、話しておく必要があった。

「というわけで、呪いをかけられた私の寿命はあと半年弱、というわけです」

「そんな……！　アロイス様に呪いをかけた人がいるなんて！　いったいどなたが、そんな酷いことをしましたの？」

「わかりません。今のところ、見当もついていないのです」

若くして王太子の騎士となり、公爵位まで得たアロイスを、妬《ねた》ましく思う者は大勢いる。誰が呪いをかけたのか。途方もない話で、調査する気にもなれないという。

「きっと、闇魔法使いの仕業に違いありませんわ！　あの者達は、邪悪な思考を持っているといいますし！」

強く発せられたリリィの言葉に、ユースディアの胸がどくんと震える。

ユースディアへの言葉ではないものの、少しだけ傷ついてしまった。

しかし、闇魔法の印象が悪いのも、仕方がない話である。かつて、闇魔法使いは残忍な大魔法を使って多くの人々の命を奪った。そのイメージは、なかなか覆《くつがえ》らない。

聞き流そうと思っていたが、アロイスは違った。普段よりも厳しい声色で、リリィを咎《とが》める。

「リリィ、それでは主語が大きすぎます」

指摘の意味がわからず、リリィはきょとんとしていた。

「あの、アロイス様。主語が大きすぎるというのは、どういうことですの？」

リリィの疑問に対し、アロイスは優しい声で諭す。

「まず、私に呪いをかけたのは、闇魔法に精通している誰かで間違いありません。そこまでは、理解できますね？」

「え、ええ」

問題はそこから先だという。

「闇魔法使いが、すべての悪の原因と決めつけるのは、間違っていると私は思います」

「でも、アロイス様に呪いをかけたのは、闇魔法使いですわ」

「ええ、間違いありません。ですが、悪いのは呪いをかけた本人であって、闇魔法使いではないのです。たとえばの話なのですが、騎士が殺人を犯した場合、誰が悪いのか、答えられますか？」

「殺人を犯した人ですわ」

悪いのは殺害を起こした個人であって、騎士という職務に就く者が悪いわけではない。

けれど、ひとたび闇魔法が絡んだ事件が発生すると、人は闇魔法が悪いと糾弾する。個人としての罪を、見ないようにしてしまうのだ。

「私が言いたいことは、理解できますか？」

リリィは気まずそうに、コクリと頷いた。

「悪いのは闇魔法使いではなく、アロイス様を呪った本人、かと」

「そのとおり」

敵対すべき相手をしっかり見据えていないと、思考にブレが生じる。

「範囲があまりにも広いと、ほんの身近にある証拠も、見逃してしまう可能性がありますからね」

「ええ。わたくしが、間違っていました」

リリィは反省の意を示し、今後敵を見誤らないことを決意したようだ。

「あの、ひとつ、質問してもよろしいでしょうか？」

「なんですか？」

「アロイス様は、どうして、闇魔法使いが悪い人ではないと思っていましたの？」

「それは――」

アロイスは懐に入れていたスクロールをリリィに示した。

「これは、呪いの発作を一時的に封じるスクロールです。知り合いの闇魔法使いに、作っていただいた品になります」

「まあ！　闇魔法使いのお知り合いがいらっしゃるのね！」

「ええ」

ユースディアはギョッとする。まさか、話題がユースディア自身のことになるとは思っていなかったのだ。

アロイスはユースディアの名を出さずに、闇魔法使いについて語る。

「魔法文化が過去よりも廃《すた》れた現代において、たった一枚のスクロールでも作るのがいかに大変か。説明するのはとても難しいです。宮廷魔法師なんかは、まだ空の星を摑むほうが簡単だと言うくらいで」

「そうでしたのね。でもそれは、アロイス様と闇魔法使いの間で執り行われる、取り引きではありませんの？」

「いいえ。これを私に作ることによって闇魔法使いに生じる益は、これっぽっちもありません」

「ではどうして、スクロールをアロイス様に作ってくれるのでしょう？」

「呪いによって苦しむ私を、気の毒に思っているからでしょう」

アロイスの推測は間違いではない。スクロールを作ってあげるのは、ユースディアが彼に対して憐憫の感情を抱いているからだ。他意はまったくない。

「でも、その闇魔法使いは、どうして呪いを解いてくださいませんの？」

「リリィ、呪いは基本的に、術者しか解けないようになっているのです。もしも、第三者が解呪しようものならば、その者まで呪いに取り込まれ、命を落とす場合もあります。それくらい、解呪というものは危険なのです」

「そう、でしたのね」

「闇魔法使いには、心から感謝しています。これ以上、望むものはありません」

アロイスの言葉に、胸が締めつけられる。

半年後、彼が呪いで命を落とすことを考えると、苦しみに苛《さいな》まれるのだ。

「闇魔法使いの中には、心が優しくて、お人好しな御方がいらっしゃるのですね」

アロイスはユースディアをちらりと横目で見てから、やわらかく微笑みつつ「そうですね」とリリィに言葉を返していた。

だんだんと、景色が変わっていく。深い森を抜けた先は、一面銀世界であった。

眠っていたヨハンも目を覚まし、嬉しそうに窓の外の風景を見ている。

そんな中で、鹿に似た獣が歩いているのを発見した。

「アロイス叔父さま、見てください！　野生の、馴鹿《レインディア》がおります！」

「あれは、オスですね」

「どうして、わかるのですか!?」

「オスの馴鹿は、秋から冬にかけて、角《つの》が落ちるのです。今のシーズンに角が生えているのは、すべてメスなんですよ。ちなみにメスは春から夏にかけて、角を落とします」

「そうなのですね。でも、どうして男女は別々に、角が落ちるのですか？」

「それは、繁殖に関わることなのです」

繁殖期を終えたメスの腹には、子どもがいる。馴鹿は角を使って食べ物を探すので、子どもに栄養が行き渡るよう、角を使ってオスより優先的に食べ物を得るのだ。

ヨハンはアロイスの話を、瞳を輝かせながら聞いている。まるで、本当の親子のように見えた。

ふと、ユースディアは気づく。アロイスが死んだら、ヨハンは悲しむだろうと。

「ディアさま、どうかしたのですか？」

「あ――いいえ、どうもしないわ。見て、湖が、見えてきたわよ」

「わあ！」

凍った湖が、窓の外に広がっていた。

湖には、風避《よ》けのテントがいくつか立っている。この湖では、アイスフィッシングを商売とする業者がおり、氷に穴を開けテントを張った状態で貸し出してくれるのだ。

アロイスはテントを予約していたようで、待つことなく案内される。

「ねえ、この湖、本当に大丈夫ですの⁉　足を踏み入れたら、割れるのではなくって⁉」

「リリィ大丈夫よ。氷は厚いから、割れて湖に落ちる心配はないわ」

「どのくらい厚く凍っていますの？」

「さあ？」

ヨハンはアロイスと手を繋ぎ、スタスタと湖の上を歩いていた。

「見てみなさいよ。あなたより年下のヨハンは、平然と歩いているわ」

「あ、あの子は、まだ小さいし、体重もそこまで重たくないでしょう？」

ためらっているうちに、アロイスとヨハンはテントにたどり着いてしまったようだ。じっと、こちらを見ている。

「仕方がないわね」

ユースディアはそう言って、リリィに手を差し伸べる。

「私の手を掴みなさい。連れて行ってあげるから」

リリィは渋々、といった感じでユースディアの手を取った。恐る恐るという足取りで、凍った湖へ足を踏み入れる。

「うう……！」

「進むわよ」

「え、ええ」

リリィはユースディアにしがみつきつつ、一歩、一歩と前に進む。慎重過ぎて、カメのほうが速く歩くのでは？　と思うくらいだ。

やっとのことで、テントにたどり着いた。

「お待たせ」

「どうぞ、こちらに」

テントの傍には、椅子が用意されていた。まずは、リリィを座らせる。

「凍った湖にある椅子って、こんなにも落ち着かないものですのね」

「けっこう安定しているけれど？　一回湖の上にいることは忘れて、ゆっくり休んだら？」

「いつ割れるかわからないのに、ゆっくり休めるわけがありませんわ」

ユースディアとリリィのやりとりを聞いていたアロイスが、笑い始める。つられて、ヨハンも笑った。

「ディア様のせいで、アロイス様とヨハンに、笑われたではありませんか！」

「おかしいのは私じゃないわよ」

「なんですって」

そんなこんなで、アイスフィッシングが始まる。

リリィは餌となるミミズを見て、悲鳴を上げていた。

「はいはい。リリィ、あなたはムクムクでも撫でていなさい」

「ううう……！」

ミミズは友達――とは言わないが、普段から触り慣れているユースディアは平然と手に取って、針に引っかける。

「はい。ヨハン、どうぞ」

「ありがとうございます」

ヨハンはアロイスの見本を見たのちに、餌を湖の穴に落とす。

先に竿がしなったのは、ヨハンだった。

「ヨハン、釣れています」

「わわっ!!」

大きな魚なのだろう。竿が折れそうなほど、しなっていた。

アロイスはヨハンを助けず、ただただ見守っている。なるべく手を貸さずに、自分の力だけで釣らせるようにしているのだろう。

ユースディアやリリィも、固唾《かたず》を呑んで見守る。

「ぐぐぐ、ぐぐぐぐ!!」

魚が水面から顔を出す。すかさず、アロイスが網を使って掬《すく》い取った。それと同時に、ヨハンは竿から手を離し、後ろに転んで尻を打ち付ける。すぐに、ユースディアが傍に寄り体を支えた。

「ヨハン！　見てください。こんなに大きな魚が釣れました」

「ぼくが、釣った魚、ですか？」

「そうですよ」

「ヨハン、すごいわ」

「本当に！」

皆が口々に褒めると、ヨハンは頬を真っ赤に染めながら微笑む。

「帰ったら、お母さまにも、大きな魚を釣ったと、お話ししようと思います」

ヨハンの喜びのコメントを聞いた面々は、揃って微妙な表情となる。

フリーダはヨハンの魚釣りの話なんて、欠片も興味を示さないだろう。

せっかくヨハンが報告したのに、「ふーん」で片付けそうな様子が、鮮明に想像できる。

「みなさん、どうかしたのですか？」

「ヨハンが小さな体で、大きな魚を釣ったことに、ディアとリリィは感激しているのですよ」

「そ、そうだったのですね。その、アロイス叔父さまは、どうお思いになりましたか？」

「誇らしい気持ちでいっぱいです」

「うれしいです！」

ヨハンはもっともっと魚を釣ると、張り切っている。そんな中で、アロイスに変化があった。

「――――ッ!!」

急に顔色が悪くなり、暑くもないのに額に珠《たま》の汗が浮かぶ。

すぐさま立ち上がり、駆け出していった。ヨハンは首を傾げ、質問を投げかける。

「アロイス叔父さま、どうかしたのですか？」

呪いの発作が起こったのだろう。リリィは口元に手を当てて、不安げな表情となった。

ヨハンの質問には、ユースディアが答える。

「きっと、厠に駆け込んだのよ」

「か、厠に、ですか？」

「ええ。お腹《なか》でも、壊したんじゃない？」

「そ、そうなのですね……！　アロイス叔父さまは、その、厠に行かないと、思っていました」

どうやら、ヨハンにとってもアロイスは人外じみた何かだと思われていたようだ。

「アロイスも一応人間だから、厠に行くわよ」

「で、ですよね。どうして、そんなことを思ってしまったのか……！」

なんとか、誤魔化せたようだ。胸を押さえ、ホッと安堵の息を吐く。

リリィは両手で顔を覆っている。酷い言い訳をしたものだと、思っているに違いない。

ただ、発作と言えば、ヨハンは心配するだろう。楽しい行楽気分が、暗く落ち込んでしまう。

腹痛や尿意であれば、誰にでも起こる生理現象だ。あまり心配する必要はない。

五分後に、アロイスは戻ってきた。

「アロイス叔父さま、あの、お腹、大丈夫ですか？」

「お腹？」

「はい。ディアさまが、お腹を壊したのだろうと」

「ああ……」

聡《さと》いアロイスは、ヨハンの言葉ですぐに話の流れを理解する。

「おかげさまで、よくなりました」

「よかったです。我慢は、しないでくださいね。痛くなったら、ぼくがお腹を撫でてさしあげます」

「ヨハン……ありがとうございます」

ユースディアの機転のおかげで、なんとか怪しまれずに済んだようだ。


それから二時間ほど釣りを楽しんだ。釣果はアロイスが五匹、ヨハンが七匹、ユースディアが三匹、リリィが一匹と、それぞれ満足の結果に終わった。

釣った魚は、湖の近くにあるロッジで調理してもらえる。わくわくしながら、料理が仕上がるのを待った。

「はあ、やっと落ち着けますわ」

「リリィさま、湖の上は、すこしだけどきどきしましたね」

「そうでしょう？　平気そうにしていたディア様の気が知れないわ」

「私も怖かったわよ」

「嘘ですわ」

そんな話をしているうちに、料理が提供される。

前菜は魚を揺《す》ってテリーヌに仕上げたもの。近くの森で採れたベリーソースの赤が美しい。スープは魚をシンプルに味わうコンソメ。

メインは魚の蒸し焼き。新鮮な魚を、ふっくら上品に仕上げていた。

口直しの氷菓を食べたあとは、二品目のメイン。魚のソテーが運ばれてくる。濃厚なバターの風味が、淡泊な味わいの白身魚を引き立ててくれる。

食後の甘味は、リンゴのムースとケーキの三点盛り。ユースディアにとって甘い物は別腹なので、ペロリと食べてしまう。大満足の昼食であった。

ロッジには、売店があるという。狩猟で得た馴鹿の角や、毛皮が売っているらしい。ヨハンとリリィは、侍女と共に見に行くようだ。

ユースディアとアロイスは、待合室で紅茶を飲んでしばし休憩することにする。

食後にゆっくりくつろげるような部屋が用意されていた。暖炉には火が点《とも》され、魔石灯の灯りがマホガニーの調度品をやわらかく照らす。

運ばれた紅茶は香り高く、一口大の菓子はどれも洗練されたおいしさだ。

一息ついたところで、アロイスが頭を下げる。

「ディア、いろいろと、ありがとうございました」

「なんのお礼かしら?」

「リリィに呪いについて説明した件《くだり》や、呪いの発作が起きたときに、ヨハンにいろいろお話をしてくれたことです」

「ああ、それね」

呪いの発作が起きたさいの言い訳は、アロイスも複数考えていたらしい。しかしどれも、不自然なものだったという。

「まさか、腹痛を起こしてロッジの厠に駆け込んだことにされていたとは」

「具合が悪いと心配されるよりは、マシでしょう？」

「ええ。百点満点の言い訳かと」

会話が途切れたので、ユースディアは窓の景色を見つめる。

白樺《しらかば》が映える、美しい白の森であった。おどろおどろしい沼池の魔女の森とは異なり、どこか神聖で、静謐《せいひつ》な雰囲気を感じた。

「きれいね」

ぽつりと、ユースディアは呟く。すると、アロイスは嬉しそうに目を細めた。

「ディアに、ここの美しい景色を見てほしいと、思っていたんです」

続けて、妙に明るい声で言った。「もう、来年はいないから」と。

もうすぐ、アロイスは命を落とす。

その事実は、ユースディアの心にズシンと重たくのしかかった。

出会ったころは、呪いを受けて気の毒だと思うばかりだった。

しかし今は、アロイスの呪いをどうにかしたいと思う。

けれど解呪をすると言っても、ユースディアを危険にさらしてしまうからと言って、アロイスは頷かなかった。

今一度、ユースディアはアロイスに告げる。

「私、あなたの呪いを解くわ」

「なぜ？」

ユースディアはアロイスの財産目当てで、結婚した。彼が死んだあと、遊んで暮らそうと考えていたのだ。

けれど、今は違う。ようやく、気づいた。

別に、アロイスが死ななくても、ユースディアが彼を手玉に取ればいいだけの話。

アロイスを手にしたら、おまけに財産も転がってくる。沼池の魔女は極めて欲深く、傲慢なのだ。

ユースディアはアロイスの財産だけでなく、彼自身も欲しいと思ってしまった。

じっと、アロイスを見つめる。彼の強固な決意は、揺るぎそうにない。

ユースディアは彼に接近し、膝の上にあった手に指先を重ねる。

「私の名は、ユースディア、っていうの。家名はないわ」

ビクリと、アロイスの手が震えた。表情は窺えないが、かすかな動揺を感じ取る。

「魔女の本当の名前を知ってしまった以上、あなたの人生は、自分ひとりのものと思わないことね」

「ですが――」

「あなたは、これから先も、生きるのよ。頑固なお母様と喧嘩して、ヨハンの成長を見守って、奔放な王女様に呆れつつ、時折リリィに優しくして――生きるの」

アロイスは、まっすぐにユースディアを見つめる。

「ねえ、まだ、人生を諦めたくないでしょう？　今日みたいに楽しいことだって、たくさんあるはずよ」

「私も……そう、思います」

絞り出すように発せられた一言だったが、紛れもないアロイスの本心だろう。

彼は、このまま呪いに呑み込まれて死ぬことを、心の奥底では望んでいない。

「ディア……！」

「ユースディア、よ」

「ユースディア」

「そう」

「あなたに、人生を、託《たく》してもいいのでしょうか？」

「しかたがないから、面倒を見てあげるわ。だって私達、夫婦ですもの。病めるときも、健やかなるときも、富めるときも、貧しきときも、隣に立つあなたを夫とし――続きはなんだったかしら？」

「愛し、敬い、慈しむことを、誓いますか？」

「まあ、その辺はいいとして。神父の前で、誓い合ったでしょう？」

「ええ、確かに誓いました」

今一度、誓いを確かなものにしたい――アロイスはユースディアにそう許しを乞う。

「何？　血の契約でもしたいわけ？　形が必要ならば、好きにするといいけれど」

今度は、ユースディアが自身の血を捧げて、アロイスと契約を結ぶ番なのだろう。

ナイフは持っていただろうか。ユースディアはアロイスの腰ベルトをじっと見つめる。

「血の契約は、必要ありません」

「だったら、どう誓うのよ」

「口づけを」

想定外の誓いに、ユースディアはたじろぐ。

本来の誓いの口づけは、唇と唇を合わせて約束を永遠のものとするのだ。

先日急遽《きゅうきょ》行った結婚式では、ユースディアが拒否した。今は、別に断る理由はない。

アロイスが熱い眼差しを向けている。このままでは、視線で灼《や》けてしまいそうだ。

ユースディアは目を閉じる。その瞬間に、唇にやわらかいものが押し当てられた。

羞恥心と、甘美な気持ちが同時に押し寄せてくる。

どこで息をすればいいのか。頭の中が真っ白になり、わからなくなる。

「――んっ！」

酸欠になる前に、アロイスはユースディアから離れた。

瞼を開くと、とろけそうな微笑みを浮かべるアロイスと目が合った。

「な、何よ！」

「ディアが、可愛いと思いまして」

「可愛いわけないでしょうが！」

アロイスの唇に、ユースディアの口紅が付着していた。ハンカチを取り出してごしごし拭いていたら、ヨハンとリリィが戻ってくる。

「ただいまもどりました！」

「遅くなりましたわ――あら、アロイス様、どうかなさいましたか？」

唇を力いっぱい拭いているところを、見られてしまった。

アロイスはユースディアの持っていたハンカチを自ら手に取り、「唇を切ってしまったんです」などと言い訳をする。

咄嗟に言い訳したので、女性慣れしているのではとユースディアは怪しむ。

その視線に気づいたのか、ヨハンとリリィから見えない角度で、ユースディアの手をぎゅっと握ってきた。

突然の接触に、カーッと顔が熱くなっていくのを感じた。

これまで一歩引くような態度でいたが、ユースディアと誓いの口づけしたことによりぐっと距離が近づいた気がする。

本当に、これでよかったのか。

ユースディアは自問したが、答えは浮かんでこなかった。

# 第四章　沼池の魔女は、呪いについて本腰入れて調査する

公爵邸に戻ったユースディアはアロイスと手を組み、呪いをかけた闇魔法使いの調査を始める。

秘密の話ということで声をひそめて話すため、隣に座るように言われた。

いつもは向かい合って座るので、なんだか落ち着かない。

なるべくアロイスを視界に入れないようにしながら、ユースディアは話しかける。

「呪いがかかった日、何か特別なことはあった？」

「それは――」

ユースディアの質問に対し、アロイスは顔を伏せる。

「何かあったのね？」

「ええ」

「言いなさい」

目を背けるので、ユースディアはアロイスの顎を摑んで「言いなさい」と再度命じる。

アロイスは渋々と、呪われた日について話し始めた。

「実は呪われた日、王女殿下が、その、私に愛を告げたのです。もちろん、お断りをしたのですが」

「だったら、呪われたのは完全に、王女の腹いせじゃない！」

「それは――」

アロイスは唇を噛み、苦しげな表情となる。

呪いの一件を表沙汰にすれば、王家の醜聞になると思って今まで隠していたのだろう。

「王女殿下については、気になっていたの。私に大ネズミの死骸やミミズ、生きたヘビを贈ってきたから。王都では、なかなか入手しにくい品々でしょう？」

「なっ！」

思いがけない王女からの〝贈り物〟に、アロイスは絶句する。

「王女殿下は、そのような贈り物を、毎日のようにフェルマー卿に持たせていたと？」

「ええ」

「なぜ、黙っていたのですか？」

「大ネズミの死骸やミミズ、ヘビは闇魔法の素材になるの。普通に嬉しかったから、別にあなたに言うことではないと思っていたのよ」

アロイスは額に手を当てて、深いため息を吐く。

というのもアロイスは毎日、感謝の気持ちを伝えるため、わざわざ王女の離宮に足を運んでいたようだ。

「私は、妻が嫌がらせを受けているとは知らずに、王女殿下に毎日礼を言いに行っていたと」

「あ――ごめんなさい。あなたがお礼を言いに行っていたなんて、知らなかったのよ」

「ええ。話していませんでしたから。ディア、あなたを責めているわけではありません」

アロイスは自身を責めているのだろう。

「これからは、なんでもあなたに相談するようにするわ」

「そうしていただけると、助かります」

アロイスと話をしてみたら、あっさり怪しい人物が浮上した。

王女エリーゼ・アリス・フォン・ブロンガルト――十七歳の、美しい姫君である。

いくつか婚姻話が浮上していたが、すべて断っていたらしい。彼女は、熱狂的なアロイスのファンだったという。

当然、公爵家にも王女との結婚話の打診が届く。けれど、アロイスは王太子付き騎士の身分であることを理由に、断ったのだ。

それでも、王女は諦めなかったという。幾度も情熱的な恋文を送り、包み隠さず愛をアロイスへ伝えてきた。

そんな王女が、直接アロイスへ愛を告げたのは兄レオンが亡くなってから一週間も経たないころ。

アロイスが爵位を継ぎ、とうとう花嫁を迎えるだろうという噂話が社交界に広がっていたようだ。

王女はアロイスを他の女に取られると思ったのだろう。黒衣を纏い、喪に服しているアロイスに告白したのだ。

アロイスは言葉を選んで、王女の愛を拒絶した。それが、よくなかったのか。

王女が臣下の分際でと怒った結果、アロイスを呪った。

以上が、ユースディアの勝手な推理である。

「王族は闇魔法の書物を大量に所持しているというし、王女が精通していてもまったく違和感はないわね」

「ええ」

一度、探りを入れたほうがいいだろう。王女でなくても、王女の周囲に侍《はべ》る者による犯行かもしれない。

「あなたに振られた王女を見て憎しみが募り――みたいな可能性もあるでしょう？」

「ええ、そちらの方向性も、大いにありますね」

ひとまず、一回王女に会ったほうがいいだろう。

「王女殿下への面会って、できるの？」

「会っていただけるかわからないのですが、一応、頼んでみます」

「お願いね」

王女の他に疑わしいのは、フリーダである。しかし彼女は、アロイスに今も執着しているようだった。拒絶されたからといって死で解決させるタイプにも見えない。

「あの人、なんなの？」

「さあ？　私にも、よくわかりません」

「以前から、あんな感じだったの？」

「まあ、そうですね」

実のところ、兄レオンと結婚していた時代も、フリーダはアロイスと接触しようとしていたようだ。

「舞台や、競馬の観戦に誘われたり、休日に家にやってきてダンスの練習に付き合ってくれと言ってきたり」

その当時は、テレージアに見つからないよう、こっそりとアプローチしていたようだ。

レオンが亡くなってから、堂々と言い寄るようになったと。

「とんでもない女ね。彼女と出会ったのは、結婚してからだったの？」

「ええ」

フリーダの実家は、歴史ある伯爵家。だが、当主である父親の汚職が発覚し、没落するのではと囁かれていた。

そんな状況の中、レオンはフリーダに一目惚れしたらしい。

ただ、彼女には問題があった。

フリーダは正妻の子ではなく、愛人が産んだ娘だったのだ。

貴族女性としての教育はなされずに、自由気ままに育った娘だという。フリーダの言葉や態度が軽薄で、品性をまったく感じない理由をユースディアは初めて知った。

「当然、両親は共に反対していました。しかし、父が持病の悪化で亡くなってからは、母は酷く落ち込んでしまって――」

レオンとフリーダの結婚に対して、強く反対できなかったようだ。

「フリーダが望んで結婚したと思っていたけれど、違ったのね」

「はい。兄は、義姉を深く愛しているようでした。それはそれは、盲目的なまでに」

「盲目的、ねえ」

レオンは生真面目という言葉を擬人化させたような人物で、色恋沙汰とは無縁の堅物男だったらしい。

そんなレオンが、フリーダのような奔放なタイプの女性に惚れ込んだというので、頭でも打ったのかと騒動になったようだ。

「かつての兄は、結婚相手には品行方正な女性を強く望んでいたのです。それなのに、義姉のような女性と結婚したものですから、何か薬でも盛られたのではないかと、疑っていました。しかし、それは間違いでしたね。恋は突然訪れ、自分の確固たる考えすら覆すような強力な感情ですから。私も、ディアとの出会いで、身をもって感じました」

アロイスは生涯、結婚しないと宣言していた。爵位を継いでからも、呪いがあるため結婚は欠片も考えていなかったようだ。

しかしその覚悟も、ユースディアとの出会いによって消えてなくなる。

すぐさま、結婚したいと強く思うようになったようだ。

「私なんかと結婚して、後悔しているんじゃない?」

「それがまったく」

アロイスはレオンとフリーダの結婚が大反対された様子を見ていた。そのため、道中で急ぐように結婚したのだろう。

「ディア、あなたは、どうなのですか？」

「どう、とは？」

「私との、結婚生活についてです」

ユースディアにとってこの結婚は、契約によって成立したものであったが、思いの外《ほか》楽しんでいた。アロイスに対する想いも、言葉を交わし、共に過ごす中で変わってくる。

呪いによる彼の死について、いつしか不愉快に思うようになったのだ。

半年間我慢すれば財産が手に入るという考えは薄れ、財産とアロイス、両方欲しいと望むようになった。

「あなたとの結婚生活は、悪くないわ」

「悪くない？」

満足のいく答えではなかったようだ。

「だって、仕方ないじゃない。短期間で、充実感を感じるのは難しいわ。これから、何年とかけて、満足いくような暮らしをもたらしてもらわないと」

「そう、ですね」

可能な限り、長生きしてほしい。ユースディアはアロイスに対し、強くそう望んでいる。

誰かの悪意が、自由に生きる人々の命を奪うことなど、あってはならない。

アロイスを呪った犯人は、絶対に炙《あぶ》り出してみせる。そのためには、慎重に調査していかなければならないだろう。

「王女とは、いつ面会できそう？」

「近日中というのは、少々難しいかもしれません」

二ヶ月後、国王の生誕祭がある。そのさいに、大規模な叙勲があるということで、騎士隊関係者は警備面でバタバタしているようだ。

「早くても、半月後くらいでしょうか？」

「その間に、私も調査しておくから」

「無理のない程度に、お願いします」

「わかっているわ」

ユースディアが下手に動けば、アロイスに迷惑がかかる。もう、ユースディアの一挙一動は、自分だけのものではないのだ。


王女からの贈り物は、頻度は減ったものの週に三度は届く。

オスカーはふてぶてしい態度で、贈り物の箱を差し出した。

「王女様ったら、国王陛下の生誕祭があるというのに、暇なのかしら？」

「つべこべ言わずに、受け取れ」

「はいはい」

オスカーは、王女の騎士とは思えないほど短気である。

彼について、ムクムクに調べさせた。

オスカー・フォン・フェルマー。

新興貴族であるフェルマー男爵家の四男で、王女の親衛隊の中でも下っ端中の下っ端だという。家柄を考えたら、親衛隊に入れただけでも奇跡だろう。いったいどういった縁故があるのか。探ったが、見つけられなかったという。

本日はユースディアのほうから、王女について探ってみる。

「そういえば、王女殿下はどんな御方なの？」

「どうしたんだ、突然」

「こんな素晴らしい贈り物を用意してくださる方が、どんな御方なのか気になるのよ」

オスカーは面倒くさいという言葉が書いてあるような顔になる。

「ケチな男ね。少しくらい、教えてくれてもいいでしょう？」

「誰がケチな男だ！」

オスカーは渋々といった感じで、王女について話し始める。

「王女殿下は、恋に生きる御方だ」

「恋――その相手は、私の旦那様？」

「まあ、そうだな」

恋に溺れる少女が、夢叶わずに失望し、闇魔法に傾倒する。なんら、おかしな話ではない。

死と血肉、それから月光を象徴とする闇魔法は、傷心した心に優しく寄り添ってくれる。過去、恋に生きた多くの者達が、闇魔法に傾倒していたという昔話を、先代から聞いた記憶が残っていた。

「普段は、どんなことをされているの？」

「離宮にある地下の書庫で、本を読みあさっていることが多いらしい」

「どんな本を、読んでいらっしゃるの？」

「さあ、それは知らん。近しい者にも、何を読んでいるかまでは教えないらしい。ひとり部屋に籠《こ》もって、一日中読んでいるのだとか」

やはり、アロイスを呪ったのは王女だったのか。

恋が成就しないからといって、好きな相手を呪ってしまう心情は、ユースディアには理解できない。

「なんでそんな話を気にするんだ」

「それは――王女殿下へのお返しが、ネタ切れだからよ。本が好きだったら、何か一冊、贈ろうかしら？」

「もっといいもんを贈れよ。ただでさえ、王家は本をたくさん持っているんだから。今更本なんかもらっても、王女殿下は嬉しかねえだろうが」

「あら、あなたは、本の素晴らしさを知らないのね」

「本なんぞ、読むだけ時間の無駄だろう」

本を読むことによって、人生は豊かになる。無駄だと言うオスカーは、本のもたらす恩恵に気づいていないのだろう。

ユースディアはロマンス小説のおかげで、この貴族社会での困り事を乗り切っている。物語に出てくる礼儀作法やしきたりはかなり詳細だったため、何度もユースディアを助けてくれた。

「まあ、いいわ。とにかく、今日中に手紙とお返しを送るから」

オスカーは用事が済んだとばかりに、部屋から出て行く。

扉が閉められたあと、ユースディアはふうとため息を吐いた。

オスカーと面会するのは正直疲れる。けれど、今日は収穫があった。

部屋に戻り、王女へ返す贈り物について考えなければならない。そんなことを考えつつ、オスカーから受け取った木箱を手に掴んで立ち上がる。

「――あら？」

オスカーが座っていたところに、忘れ物があった。家紋入りの手袋である。ポケットに入れていた物を、落としてしまったのだろう。

今からならば、間に合うかも。侍女に託したら、裏口のほうへと走って行った。

少々引っかかったので、ユースディアは侍女に質問する。

「ねえ、フェルマー卿って、裏口から出入りしているの？」

「来るときは正面玄関からなのですが、お帰りになるときは裏口を使われるそうです」

「変な人」

オスカーが変なのは今に始まったことではない。気にしたら負けだと思うようにした。

部屋に戻ると、リリィとヨハンがムクムクを囲み、遊んでいる様子が目に飛び込む。

すっかりおなじみの光景となった。

「あなた達は、朝も早くから、飽きないわね」

いつからここは託児所になったのか。双方の親に問い詰めたい。

ヨハンがここに来ているということは、フリーダは恋人を連れ込んでいるか、遊びに出かけているかのどちらかなのだという。

以前、フリーダと夕食を共にしたときに、ユースディアはヨハンの話題を口にした。その日以降、こうしてヨハンを託すようになったのだ。

たまに、ヨハンを預けて旅行にまで出かけるので、呆れたものである。

酷い母親だが、ヨハンがひとりで離れにいるよりは安心できる。いくら乳母や侍女が面倒を見てくれるといっても、寂しさまでは満たしてくれないだろうから。

「今日は、街に出て買い物でもしましょうか」

「どこにいくのですか?」

「おもちゃ屋さんに、行きましょう」

「やったー!」

喜ぶヨハンを見ていると、胸がぎゅっと締めつけられる。どうして、このように可愛い子どもを放置することができるのだろうか。フリーダの気持ちは、一生理解できそうにない。

「リリィも行くでしょう?」

「もちろんですわ」

「だったら、あなたにも、可愛いぬいぐるみを買ってあげるわ」

そう言うと、リリィは一瞬嬉しそうな顔をした。しかし、すぐに顔を引き締める。

「わ、わたくしは一人前の淑女ですから、もう、ぬいぐるみなんて、必要ありませんの」

「でも、ぬいぐるみのほうが、リリィを必要とするかもしれないわ」

「そういうときは、まあ、仕方がないですわ。受け入れる他、ありません」

リリィの素直じゃない反応に、ユースディアは笑ってしまう。

「何か、おかしくって？」

「なんでもないわ。支度をしましょう」

外は雪が積もっている。寒いので毛皮の外套を着込み、馬車で街まで出かけた。

まずは、ヨハンのおもちゃを買いに向かう。先日、ヨハンは家庭教師が行った試験で百点満点を取ったのだ。その、ご褒美である。

「ヨハンは、どんなおもちゃが欲しいの？」

「今、ものすごく、迷っています」

普段は家に商人を呼び、限られた中からおもちゃを選んでいるという。今日は、店舗でたくさんのおもちゃの中から好きな物を選べるのだ。ヨハンは嬉しくて堪らない、といった様子である。

公爵邸から馬車で十分。貴族御用達《ごようたし》の店が並ぶ通りに、おもちゃを専門的に扱う店はあった。

王室御用達である上に、王都の少年少女に人気が高い店でもある。あらかじめ貸し切りの予約をしていたので、今日はゆっくり選べるのだ。これらは、アロイスがすべて手配してくれた。ヨハンを、実の母親以上に気に懸け、可愛がっている。兄の忘れ形見だから、というのもあるのだろう。

ウサギを模《かたど》った看板が、屋根に吊り下げられてゆらゆら揺れている。ヨハンはそれに気づき、嬉しそうに報告してきた。

店内は木の温もりを感じるような、優しい空間であった。

棚にはさまざまなおもちゃが並べられている。店主は六十代くらいの老齢の男性で、品のいい燕尾服に身を包んだ姿で迎えてくれた。

「いらっしゃいませ」

深々と頭を下げる店主に、ヨハンも同じように挨拶を返す。

「お坊ちゃんは、どんな品物をお探しですか？」

「えーっと、えーっと……！」

キョロキョロと見回すたびに、ヨハンの瞳はキラキラ輝く。彼だけではなく、同行したリリィも心ときめかせているようだった。

「あの、どんなおもちゃが、人気なのですか？」

「最近人気なのは、こちらですね」

店主が指し示したのは、王族親衛隊の馬車の模型である。

「王太子殿下の馬車を模したもので、こちらの別売りの騎士も、多くの注文をいただいております」

白い板金鎧の騎士は、白馬に跨がっていた。

「もしかして、こちらの騎士は、アロイス叔父さまの姿を見て、作った品でしょうか？」

「職人は明言しておりませんが、おそらく、そうだろうという話です」

「わー‼」

アロイスの愛馬は、全身真っ白の美しい馬らしい。白馬の王子様なのかよと、内心こっそり思うユースディアであった。

「馬車は本日入荷したばかりでして、おそらく、三日と経たずに売り切れてしまうでしょう」

「そんなに人気なのね」

「はい」

ヨハンにはもう、馬車と騎士の模型しか見えていないようだ。聞かずとも、心が決まっているのが見て取れる。

「リリィは、どうする？　目で訴えてくるぬいぐるみはあった？」

そう言いながら振り返ると、リリィは黒ウサギのぬいぐるみを胸に抱いていた。

「この子、ムクムクのお友達にいたしますわ！」

「そう」

代金の請求は公爵家に届くようになっている。支払いをするのは、アロイスだ。

もちろん、事前に許可を取っている。リリィの分まで、許可してくれたのだ。相変わらず、金払いのいい男であった。

馬車の模型は家まで届けてくれるという。騎士と馬の模型は、ヨハンが手で持ち帰るようだ。

「ありがとうございました」

店主から見送られ、店を出る。

その後、喫茶店で人気のパンケーキを食べることとなった。人気店で行列に並ぶ必要があるのだが、ここもアロイスが個室を予約していた。

馬車から降りた瞬間、リリィが「あ！」と声をあげる。

「どうしたの？」

「あれ——」

リリィが指差した先には、フリーダがいた。背の高い男を連れている。

恋人同士のように寄り添う姿は、一瞬にして人込みの中へと呑み込まれていった。

いったい誰といたのか。見逃してしまった。

「ねえ、リリィ。一緒にいた男の顔を見た？」

「ええ。でも、一瞬だったから、よくわからなかったわ。どこかで見たことがある顔に思えたけれど、思い出せません」

「そう」

ヨハンが、侍女の手を借りて降りてくる。

「おふたりとも、どうかしたのですか？」

「いいえ、なんでもないわ」

「ささ、ヨハン。パンケーキを食べに行きましょう」

「はい！」

街で噂となっているパンケーキは、信じられないほどフワフワで、夢のようなおいしさだという。

ヨハンとリリィは、満面の笑みでパンケーキを頬張っている。紅茶を飲んでいるだけのユースティアまで、幸せな気分になるほどだ。

「ディアさまにも、差し上げます」

ヨハンは大事なパンケーキを、一口ユースティアにくれるという。お言葉に甘えて、頬張った。

「あら、本当においしい！」

リリィも、自分だけ食べるのは悪いと思ったのか、ユースティアにパンケーキを差し出した。

「ヨハンからもらった分だけで充分よ」

「いいから、お食べなさいな」

ヨハンのはイチゴのパンケーキ。リリィのはチョコレートナッツのパンケーキである。

パンケーキから滴るチョコレートソースを手で受け止めつつ、ユースティアはパクリと食べた。

「こっちもおいしいわ！」

「でしょう？」

楽しい時間は、あっという間に過ぎていった。


帰宅後、侍女より手紙を受け取る。差出人を見て、ギョッとした。

「エリーゼ・アリス・フォン・ブロンガルドって、王女殿下じゃない！」

封筒に蠟燭《ろうそく》を垂らして押した王家の紋章が、悪魔を封じたもののように思えた。

深く長いため息をついてから、ユースディアは「えいや！」と気合いを入れて手紙を開封した。

そこには、信じられない内容が書かれていた。

国王生誕祭で多忙を極めるため、手を貸してほしい、と。つまり、ユースディアを侍女として指名したのだ。

おそらく、アロイスを通じて面会の話が届いたのだろう。手っ取り早く会う方法を、王女自ら提示してくれたようだ。

正直、面倒だ。王族の侍女なんて、テレージア級の教養と礼儀の神みたいな女性にしか務まらないだろう。ただ、傍に侍《はべ》っていればいいわけではない。仕える主人の機微からさまざまなものを察し、世話をしなければならないのだ。

貴族についての知識は、ロマンス小説から。そんなユースディアに、王女の侍女なんて務まるわけがなかった。

まずは、アロイスに相談を持ちかけなければならないだろう。ユースディアは頭を抱え、うんうんと唸っていた。

夜――アロイスが帰ってくる。

「おかえりなさい」

「ただいま戻りました」

アロイスが隣に腰掛けた瞬間、ユースディアは王女の手紙を渡した。

「これは……！」

「王女殿下からの、ありがたい申し出が書かれたお手紙よ」

アロイスは便せんを広げ、すさまじい速さで手紙を読んでいく。

「正直、お義母様のほうが適任だと思うのだけれど、罠かもしれないし、王女殿下への調査は私にしかできないから、どうしたものかと悩んでいるのよ」

王女について調べる、またとない機会だろう。侍女として傍に侍っていれば、多くの情報が得られる。面会し、短い時間に言葉を交わすよりも、成果があるのはわかりきっていた。

けれど、貴族社会について知識のないユースディアが王女の侍女となり、何か失敗でもしたら公爵家の恥となる。

「難しい問題ね」

「ええ。しかしまあ、基本的には振る舞いなど、問題ないとは思いますが」

「問題大ありよ。私、ドのつく庶民なのよ⁉　礼儀を知らない女に、侍女なんて務まるわけがないんだから」

あばたもえくぼ、という異国の言葉をユースディアは思い出す。きっと好意を寄せるあまり、アロイスの目はドの付く節穴になっているのだろう。

「とにかく、このままの状態では、侍女は無理よ」

「ふむ、そうですか」

アロイスは顎に手を添え、考える素振りを見せる。

「何か、考えがあるの？」

「はい。しかし、実行するには、ディアに負担がかかります」

「なんなの？」

アロイスは眉間に深い皺を寄せ、きゅっと唇を噛みしめる。いったい、どんな苦行を乗り越えなければならないのか。ユースディアは気になり、「早く言いなさい」とアロイスの肩を揺さぶりながら急かした。

「――ッ、母に、礼儀作法を、習ってはいかがかな、と」

ユースディアも、アロイスと同じ表情となる。テレージアに礼儀を習うというのは、たしかに多大な負担だ。しかし、仮に頼むとしたら、彼女以上の適任者はいないだろう。

ユースディアは腕を組み、思い悩む。正直、テレージアとの関係は良好とは言えない。普段は使用人達がユースディアとテレージアについての情報交換を行い、互いの行動を調整しつつ、顔を合わせないようにしているのだ。

ここ最近はフリーダという共通の敵がいたので、なんとかやってきていた。

だがユースディアの教育をするとなれば、牙を剝いてくるだろう。

貴族的な振る舞いなんて、一朝一夕で身につくわけがない。長年かけて身につけるものなのだ。

短期間で仕上がるわけがない。けれど、何もしないよりはいいだろう。

ユースディアはしぶしぶと、アロイスの提案に同意を示す。

「わかったわ。お義母様《かあ》に、お願いする」

「では、今から頼みに行きましょう」

「え、明日でよくない？　お義母様だって、眠っているかもしれないし」

「母はだいたい夜更かししているようです。きっと、起きているでしょう。王女殿下は気が長いわけではないので、早ければ早いほうがいい」

「まあ、そうね」

そんなわけで、アロイスと共にテレージアの部屋を訪問することとなった。

そこで王女の侍女をするよう、打診があった旨を話す。

「王女殿下から、侍女のご指名があったですって⁉」

渡された手紙を読みつつ、テレージアはカッと目を見開く。

「自信がないから、断ろうと思ったのだけれど――」

「何を言っているの⁉　王族の侍女になるというのは、最高の誉《ほま》れなのよ！　この私でさえ、指名されたことなどないのに」

テレージアは爪先を噛み、悔しそうにしていた。若干、白目を剝いているようにも見えたので、ユースディアは内心恐ろしく思う。

「ディアが不安だというので、一度母上に振る舞いを見ていただこうかなと思いまして」

「なるほど。それが賢明ね」

テレージアは胸をどん！　と叩き、「私に任せなさい」と言う。

「前から、ディアさんのことを、惜しいと思っていたのよ」

「お、惜しい？」

「ええ。背筋はピンと伸びているし、歩き方も問題ないけれど、やわらかさが一切ないのよ」

「私の問題って、それだけなの？」

「まあ、細々と気になる点はあるけれど、ざっくり見て、大きく修正しなければならない点はないかと」

これまで貴族らしくない振る舞いをしているものだと思っていた。話を聞いてみたら、案外問題ないようである。

現在、ユースディアが身につけている礼儀作法は、先代から習ったものだ。

かつて、魔女は貴族相手に商売することがあった。そのため、振る舞いに気を付けるよう、厳しく教育されていた。なんでも、庶民じみていたら魔女の威厳がなくなるらしい。そのため、背筋はピンと伸ばし、明瞭な言葉遣いをするよう叩き込まれていたのだ。

アロイスも基本は問題ないと言っていたが、信じていなかった。だが、さすがにテレージアまで嘘は言わないだろう。

「意外と、誤魔化せていたのね」

「何か言った？」

「いいえ、なんでも」

しかし、侍女に必要な、主人の機微を感じる技術というのは、まったく理解していない。その辺の常識を、叩き込んでもらう必要があるだろう。

「では、明日、日の出の時間から、特訓を始めるから、起きてきなさいね」

「ひ、日の出から⁉」

「母上、あまりにも早くないですか？」

二人の言葉を聞いたテレージアは、目を鋭く光らせる。

「何を甘えたことを言っているの？　王女様が、お待ちなのよ。三日で、仕上げるわ」

「み、三日！」

「母上――」

「アロイス、あなたは口を挟まずに、黙っていなさい！」

ぴしゃりと言われた言葉に、アロイスは口を噤《つぐ》む。

ユースディアへは、「四日後に、王女殿下のもとへまいります」という手紙を早急に書いておくように命じた。

「明日も早いので、今すぐ寝なさい。私も、休ませてもらうわ」

そう言って、テレージアはいなくなった。

残されたアロイスとユースディアは、顔を見合わせ苦笑したのだった。

◇　◇　◇

翌日、日の出よりも早く起床し、身支度をする。

侍女も早起きに付き合わせてしまい、申し訳なく思った。

自分ひとりでしようと考えたものの、これから学ぶのは侍女の仕事。彼女らの動きを見て、前もって学ぼうと思ったのだ。

なんとか日の出までに化粧をし、髪を結い、ドレスを纏った。

急ぎ足で指定されていた部屋に向かったが、すでにテレージアはユースディアを待っていた。

「ディアさん、おはよう」

「お、おはよう、ございます」

まさか、先に起きて待っているとは、まったくの想定外だった。

「では、さっそくだけれど、始めるわね」

「よろしくお願いします」

まず、侍女について、基本的なことを教えるという。

「ディアさん。あなたは、侍女がどういう存在か、正しく理解しているかしら？」

「あまり自信はないけれど、身支度を整えてくれたり、高価な品を管理してくれたり、事務を手伝ってくれたり、紅茶を淹《い》れてくれたりする人？」

「その中で、侍女の仕事ではないものがあるわ」

「え!?」

なんだろうか。ユースディアは自らの発言を振り返る。どれも、これまで侍女がしてくれたものばかりであった。

「侍女とは――主人の傍に侍り、手足のように動く存在なのよ。こう言えば、わかるかしら？」

「あ、わかった！　紅茶を淹れるのは、侍女の仕事ではない？」

「正解よ」

よく侍女が持ってくるので誤解しがちだが、湯を沸かし紅茶を淹れるのはメイドの仕事である。

「侍女というのは、主人が自分でできることを、敢えてするのが仕事なの」

「そう言われたら、わかりやすいかも」

侍女の仕事において大事なのは、高い洞察力である。主人が何を思い、何を望んでいるのか。命じられなくとも、気づかなければならないのだ。

「侍女という生き物は、察しの職人《プロ》なのよ」

たしかに、侍女は言葉を発さずとも、いろいろ動いてくれる。喉が渇いたかと思えば紅茶を用意し、空腹を感じたら菓子を持ってきてくれる。暑ければ窓を開け、寒ければ暖炉に火をいれるようメイドに命じる。

「でも、どうして侍女は主人の望むことを、してくれるのかしら？　洞察力だけでは、わからないはずよ」

侍女の〝察し〟の能力は、魔法を使っているとしか思えない。その秘密を、テレージアはユースディアに教えてくれた。

「できる侍女は、主人と状態を合わせるのよ」

「状態を、合わせる？」

「ええ」

ドレスの生地や下着の素材が主人と同じだった場合、暑いか、寒いか自らの感覚で気づける。食事や茶のタイミングも、休憩中に自ら合わせることもできるのだ。それにより、主人と空腹を感じる瞬間がほぼ同じになるので、命令を聞かずとも菓子や茶を用意することも可能になる。

「基本的に、侍女はチームなの。ひとりで、ひとりの主人の用事を全てするなんて絶対に無理」

「つまり、他の侍女と上手くやる能力も、必要ってわけね」

「ええ、そうよ」

協調性が皆無のユースディアに、とても務まるとは思えない。内心、頭を抱える。

「もちろん、瞳や眉の動きで、ピンと察する侍女もいるけれど。そういうことは、二十年、三十年と同じ主人に仕えている者にしか不可能でしょうね」

話を聞くだけでうんざりするユースディアに、テレージアは無茶なことを提案する。

「今、私が何を考えているか、当ててちょうだい」

「えっ、そ、それは……！」

じっと、テレージアを見つめる。

「そんなふうに、主人をジロジロ見たら、怒られるわよ」

できる侍女は、主人の背中から発するオーラで何をしてほしいか感じるという。

「だから、そういうのは無理なんだって！」

「それでも、やるのよ」

ここで気づく。テレージアの声が、わずかに掠《かす》れていることに。きっと、喋りすぎてしまったからだろう。

今、何を考えているのか、ピンときた。

「もしかして、喉が渇いている」

「その通りよ」

ユースディアは立ち上がり、すぐさま外で待機しているメイドに紅茶を淹れてくるように命じた。そのさいに、茶葉の種類を指定する。

十分後――紅茶が運ばれてきた。

「マーシュマロウルートの紅茶にしてもらったわ」

「あら、どうして？」

「喉を保護して、痛みを軽減する効果があるの」

「素晴らしい心遣いね」

「痛み入ります」

こういう細かな気配りが大事だという。初日から褒められるとは思わなかった。

ユースディアはもとより、薬草の知識が豊富にある。紅茶の指示出しは、なんだか上手くいきそうな気がしてきた。

それから、一日中テレージアと行動を共にし、侍女の心得を習う。

ユースディアが真剣に学ぶ姿勢を見せたら、テレージアは善き教師として応えてくれた。

昨晩は上手くいかないと思っていたが、案外相性は悪くないように感じる。

二日目は、思いがけないものをユースディアへ手渡してきた。それは、夜会の招待状であった。

「急だけれど、明日の晩に開催される夜会に、アロイスと参加なさい」

「どうして？」

「王女殿下の侍女になる前に、あなたの顔見せをしておいたほうがいいからよ」

アロイスと結婚し、王女の侍女となる。誰もが羨《うらや》む状況に、ユースディアはいるという。

中には、ユースディアに対してよくない感情を抱く者もいるだろう。アロイスとの結婚を、認めない者もいるかもしれない。

「夫婦円満であることを、社交界に知らしめる必要があるわ」

「なるほど」

突然、ユースディアが王女の侍女になっても、妬みから上手く仲間の輪に入れない可能性もある。

「夜会でお似合いの夫婦と認められたら、王女の侍女から仲間はずれにされることもないから」

「具体的に、お似合いの夫婦とは？」

「内面から滲み出る幸せのオーラ、かしら？」

また、不可視で不可解な単語が出てきた。ユースディアは舌打ちしそうになったが、寸前で呑み込んだ。

「女性は特に何もせすに、男性の隣に堂々と立っているだけでいいのよ」

黙って立っているだけでいいのならば、案外楽なのではないか。ユースディアはそう思ったが、現実は違ったのである。

翌日、アロイスとユースディアは、王太子の離宮で開かれる夜会に参加していた。

アロイスは白い正装姿で、周囲の注目をこれでもかと集めている。

隣に立つユースディアは、以前侍女が選んだパールホワイトのドレスで参加する。

値踏みするような、鋭い視線がユースディアに突き刺さっていた。ひとりの令嬢と目が合う。敵対心が、その身からじわじわと浮かんできているように思えた。これが〝オーラ〟なのだと、ユースディアは実感する。

ユースディアの緊張が、組んだ腕から伝わったのだろう。アロイスは優しい声で、「大丈夫ですよ、怖がらないで」と声をかけてくれた。

アロイスには見えていないのだろうか。檻《おり》に入っていない肉食獣に、囲まれているような状況が。

ユースディアは信じがたい気分となった。

女性陣には、ユースディアがアロイスを奪った悪女に見えているのかもしれない。誰一人として、仲良くなれそうにないと思ってしまう。

永遠に、この針のむしろのような状態が続くのではと思っていたが、注目は別の者へと移る。

アロイスが仕える王太子が、姿を現したのだ。会場が、ソワソワと落ち着かないものとなる。

王太子は銀色の髪に、夜明けの青を思わせる瞳を持った美丈夫であった。

ロラン・シャルル・ジェール・シャリエ。アロイスより五つ年下で、社交界で絶大な人気を集めている。

そんな王太子が伴っているのは、婚約中とされる隣国の姫君。アマーリエ・マリアンヌ・フォン・エステルライヒ。

年は十五歳。どこか、あどけなさが残っている。珊瑚《さんご》のような薄紅の髪に、ぱっちりとしたマリンブルーの瞳は見る者すべてを魅了していた。

美しい男女は、実にお似合いに見える。

王太子はアロイスに気づき、圧を感じる笑顔でやってきた。ユースディアは思わず、「うわ、怖っ！」とアロイスにだけ聞こえる悲鳴を発してしまう。

さすが、王太子と言えばいいのか。遠くから見ても、貫禄がある。

「ディア、大丈夫ですよ。殿下は怖くないです」

「いや、怖いでしょう」

アロイスが「大丈夫」と言えば言うほど、恐ろしくなる。

戦々恐々としている間に、王太子とその婚約者が目の前にたどり着いてしまった。

「アロイス、本当に来るとは思っていなかったから驚いたぞ。そちらが、噂の伴侶か」

「ええ。妻のディアです」

ユースディアはテレージアから習ったお辞儀をして見せた。

顔を上げると、姫と目が合う。にっこり微笑まれてしまった。ユースディアも笑みを返そうと思ったが、普段使わない筋肉なので盛大に引きつってしまった。

「私は、アマーリエと申します。ディア様、仲良くしてくださいね」

ぎゅっと、手を握られる。ユースディアはあまりの情報量の多さに、ひとり目眩《めまい》を覚えていた。

「黒い髪に、深い森の緑の瞳――ディア様は、とっても神秘的な御方ですね」

ユースディアは森の奥地に住む沼池の魔女である。本物の、現代に生きる神秘なのだ。

だが面と向かってそう言われてみると、どういう反応をしていいのかわからなくなる。困っていると、アロイスが言葉を返してくれた。

「私も、彼女の瞳を見て、強く惹かれたのです」

嘘を言うなと、突っ込みたくなる。アロイスはユースディアがなけなしの金を燃やし、涙する姿に惚れたと話していた。

「わかりますわ。ディア様の瞳は、本当におきれい！」

アロイスは誇らしげな様子で、コクコクと頷いていた。恥ずかしいので過剰な反応は示すなと物申したかったが、王太子と姫がいる手前何も言えない。こういう場では、話しかけられない限り大人しくしていないといけないのだ。

「ディア様は、普段どんなことをなさってい――」

ユースディアに近づこうとした瞬間、姫は足を引っかけて倒れそうになる。それを、目の前にいたユースディアが抱き留めた。

姫は子猫のように小柄だ。一方で、ユースディアは虎のように大柄である。侍女は体力勝負だとテレージアが話していたので、魔法書を十冊積んだものを抱え、屈伸運動をしていたのだ。ほどよい筋肉が付いているので、姫ひとり抱き留めるくらい、なんてことはない。

「大丈夫、ですか?」

「あ、ありがとうございます、ディア様」

姫は顔を真っ赤にして、恥ずかしがっていた。珍しく、はしゃいでしまったらしい。

「どうやら、姫は奥方を気に入ったようだな。そうだ。アロイス、伴侶を、姫の侍女にしてはどうだろうか?」

王太子が提案した瞬間、姫は瞳をキラリと輝かせる。が、すぐにアロイスは断りを入れた。

「大変名誉なお申し付けですが、実は、ディアは明日より、エリーゼ殿下の侍女を務めることになっておりまして」

「エリーゼめ。まさか、先に手を回していたとは」

話を聞いていた姫は、しょんぼりしていた。よほど、ユースディアを気に入っているのか。個性的な姫君だと、ユースディアは内心思ってしまう。

「ではディア様。あとで、お茶を一緒に飲んでいただけますか?」

「私でよろしければ、喜んで」

「よかった! 楽しみにしております」

王太子と姫は華やかな雰囲気を振りまきつつ、去って行く。

これで難が去ったわけではなかった。次々と、アロイスと喋るために人が押しかけてきたのだ。

だが、先ほどのような敵対心は感じない。

未来の王妃となる姫が、ユースディアを気に入ったような態度を見せたからだろう。あっさりと、ユースディアを見る目は穏やかなものとなった。姫には感謝しなくてはいけないだろう。

それから二時間ほど、人に囲まれて苦しい時間を過ごした。ほとんど喋っていたのはアロイスであったが、あまりの人込みに酔っていた。

それをアロイスは察してくれたのだろう。ユースディアを会場から連れ出してくれる。

庭を見渡せる露台《バルコニー》へ続く扉を、給仕係が開いてくれた。しばし、外の風に当たって体の火照《ほて》りを冷やす。

外は雪が積もっているのでキンと寒いと思いきや、暖房器具が置かれていた。心地よい風が吹き、気分転換になる。くつろげる長椅子も用意されていたので、ありがたく腰掛けた。

アロイスは肘置きに手をかけ、ユースディアの顔を覗き込む。

「ディア、具合はいかがですか」

「ええ、平気よ。でもちょっと疲れたから、ここで休ませてもらうわ」

アロイスは眉尻を下げ、ユースディアの頰に触れる。

「少し、微熱があるのかもしれませんね。すみません、もっと早く気づけばよかったですね」

「充分よ。社交も大事でしょうから」

「ありがとうございます」

アロイスの手が触れた頰が、熱い。会場で受けたものとは異なる熱が、ユースディアの頰を熱くしていた。

「本当に、平気なのですか？　医務室に行きます？」

「いいえ、ここでけっこうよ。っていうか、私、大丈夫だったの？」

「大丈夫、とは？」

「その、振る舞いとか、言動とか、そういうの」

「完璧でしたよ」

アロイスはにっこりと、微笑みながら評価する。

「あなたの私に対する評価は、甘いような気がするのだけれど」

「そんなことありません。王太子殿下と姫を前にしても、堂々としている姿は、思わず惚れ直してしまいました」

「よくもまあ、そんな言葉がポンポン出てくるわね」

「本心ですので」

「はいはい」

アロイスも長椅子に腰掛け、空を眺めていた。つられて、ユースディアも空を見上げる。

王都の空は、一番星がキラキラと瞬くばかりであった。あとの星は、空がかすんでいるのかよく見えない。

「ここの空は、寂しいのね」

「ディアの森は、もっと星が出ていました？」

「ええ。見上げたら眩しいと思うくらい、星が輝いていたわ」

「そうだったのですね。私も見ておけばよかったです」

アロイスが来た日は、ちょうど吹雪いていた。空を見上げても、星のひとつも見えなかっただろう。

「でも、ディアがいたので、星がいくら輝いていても、気づかなかったでしょうね」

「どういう意味よ」

「あなたのほうが、美しいという意味ですよ」

「だから、なんでそんな言葉が、ポンポン出てくるのよ」

額を押さえ、呆れてしまう。その文才をユースディアの前で発揮せずに、他の分野で活かしてほしい。しみじみ思ってしまう。

「そうだわ。アロイス。あなた、ロマンス小説を書きなさいよ。きっと、ヒットするわ」

「ディアは、ロマンス小説が好きなのですか？」

「先代の沼池の魔女が好きだったの。森の住み処には、たくさんあるわよ」

「そうなのですね。いったいどういった話を、書けばいいのですか？」

「胸がキュンとする、男女の恋を書くの」

「たとえば、ディアと私の出会いとか？」

「誰が私小説を書けと言ったのよ」

「そうですよね。私とディアの思い出は、ふたりだけの秘密ですから」

もう、ため息しか出てこない。ユースディアは眉間の皺を揉み、なんとか落ち着きを取り戻そうとする。

「ロマンス小説といえば、母も大好きなので、コレクションを見せてもらったらいかがですか？」

「え、そうなの？」

「はい。母はこっそり楽しんでいるようなのですが、書店に行ったら店主から感謝されたことがありまして――」

月に出版される三十点以上ものロマンス小説を、テレージアは注文し、読んでいるらしい。

「母の夜更かしは、たいていロマンス小説を読んでいるからなのですよ」

「そうなのね。今度、会話に困ったら、話してみるわ」

もしかしたら、公爵家にはとんでもない規模のロマンス小説の書庫があるかもしれない。冷静に言葉を返しつつも、ユースディアの胸は期待でドキドキと高鳴っていた。

「それはそうと、さっき、姫様がお茶がどうこうと言っていた気がするけれど」

「ああ、そうですね。王族が休むサロンのほうに行ってみますか？」

「ええ」

アロイスが先に立ち上がり、ユースディアへと手を差し伸べてくれる。そっと、指先を重ねて立ち上がった。

顔と顔の距離が、ぐっと近づく。

視線を逸らしたら、空に星が尾を引いて流れる様子が見えた。

それに気を取られているうちに、アロイスはユースディアの唇にキスをする。

触れ合ったのは一瞬だけ。

「――なっ、ちょっと！」

「この前、キスをして口紅を剝がしてしまったので、学習しました」

「いや、それを責めているんじゃないわよ！　こ、こんなところで」

「ここは、こういうことをするところらしいですよ」

「そ、そうなの⁉」

「ええ。外に、見張りの者がいたでしょう？」

「いたわね」

「他人が入ってこられないように、なっているのですよ」

夜会のさい、男女が露台に出るのはそういった目的があると。

振り返って見たら、出入り口は厚いカーテンで覆われている。会場からは露台の様子が見えないようになっていた。

「は、はしたないわ！」

「未婚の男女であればそう思われますが、私達は夫婦ですから」

「ど、どう思われるの？」

「夫婦円満だな、としか思われないでしょう」

そういえばアロイスとユースディアが露台に出て行ったのを、多くの人々が目で追っていたような気がする。

恥ずかしくなって、両手で顔を覆った。

「ディアは、可愛いですね」

「か、可愛いわけないでしょうが！」

「ものすごく、可愛いです」

有無を言わさない「可愛い」に、ユースディアは押し黙る。アロイスはそんなユースディアの頬に、本日二回目のキスをした。

「さあ、戻りましょう。姫が、ディアを待っています」

ユースディアが赤面しているのを周囲に悟られないよう、アロイスは足取り早く会場を進んでいく。王族と関係者のみ入場が許可された扉を通り抜け、姫のサロンの前までやってきた。

「他にも、人がいるのかしら？」

「いえ、姫は滅多に人をここに招かないと、王女殿下がおっしゃっていました」

「そう」

アロイスとはここで一時的にお別れである。

「ではまた、迎えに来ますね」

「ええ」

アロイスは名残惜しそうにしながら、去って行く。ひとりにしないでと言いたかったが、腹を括るしかない。

勇気を振り絞って扉を叩き、声をかけた。

「アマーリエ姫、ディアでございます」

扉はすぐに開かれた。ひょっこり顔を出したのは、侍女ではなく姫。ユースディアの顔を見るなり、ぱっと花が綻んだような微笑みを浮かべた。

「ディア様！　お待ちしておりました！」

手を引かれ、部屋に誘われる。

水晶のシャンデリアに、白で統一された調度品が美しいシックな部屋であった。

アロイスの言っていた通り、姫と侍女以外、部屋にはいない。

「祖国から、茶葉とお菓子を取り寄せましたの。ディア様のお口に合えばいいのですが」

長椅子に座るよう促され、腰を下ろす。姫は隣にぴょこんと座った。

大理石のテーブルには、見たことのない菓子が並べられていた。

「こちらは、占いクッキーと言いまして、中に将来について書かれた紙が入っているんです」

「占いの紙を、食べないように注意しなければいけませんね」

「ええ、そうなんです」

幼少期、姫は占いクッキーを紙ごと食べてしまったらしい。

「周囲は大慌て。呑み込んでしまったものだから、お父様が料理長を呼べと怒ってしまって――」

姫はごくごく普通の愛されて育った娘、といった印象だった。未来の王妃として、育てられた者ではないだろう。

アロイスと話したあと、王太子と共に歩いて行く様子は不安げで、社交も慣れている様子はなかった。どうして王太子は彼女を妃として迎えようとしているのか。疑問に思っていたが、こうして話していると姫の魅力がよくわかる。一緒にいると、心がほっこりと温かくなるのだ。

荒波が立つような毎日の中で、王太子は姫に癒やしを求めているのかもしれない。

「それで――あ、ごめんなさい。私ばかり喋ってしまって」

「いいえ。なんだか、私まで幸せな気分になりました」

「だったら、よかったです」

紅茶が冷え切ってしまうほど、話し込んでいたようだ。侍女が、温かい紅茶を淹れ直してくれた。

「私、ディア様に、親近感を覚えてしまって」

「親近感、ですか?」

「ええ。なんだかとんでもない御方と結婚してしまった。ディア様のお顔にも、そう書かれていたように思ってしまったんです」

「確かに、思っておりました」

「でしょう?」

姫も王太子から結婚を申し込まれたときに、同じように思ったのだという。

「私は、王妃教育を受けておりません。だから、このお話はお断りしたんです。けれど――」

王太子は姫を諦めなかった。後日、改めて国に宛てて結婚を打診したらしい。

「本当に、驚きました。でも、それ以上に驚いたのは、父がこの結婚の話を受けると申した瞬間でしょうか」

隣国とは長年、よくない関係が続いていた。緊張状態が続いていると、国自体が疲弊する。この結婚は、双国の平和の架け橋となる。

「そこまで言われてしまえば、結婚を受け入れる他ありませんでした」

姫自身、王太子を心から慕っているらしい。けれど、自分が未来の王妃になることを考えると、夜も眠れなくなるほど不安になるという。

「こうして、夜会に参加しても、皆、値踏みするように私を見るんです。未来の王妃に、相応しい姫か、と。それが、恐ろしくて堪らない」

同じような視線を、ユースディアもこれでもかと浴びてきたばかりだ。姫の気持ちは、痛いほどわかる。

「ディア様は、私を温かな目で見てくださいました。それが、どんなに嬉しかったか」

「王太子殿下とお並びになる様子が、初々しくて、とてもお似合いに思ったのです」

「本当ですか？　嬉しいです！」

それから一時間ほど、姫とユースディアは途切れることなく会話を楽しむ。

姫の話はどれも面白く、ユースディアは珍しく声をあげて笑ってしまった。

こんなにも、愛らしく、楽しい人なのに、社交界の人々に魅力が伝わっていないのはもったいないと思う。

姫は人付き合いが苦手で、おそらく大人数を前にしたら萎縮してしまうタイプなのだろう。

もっと社交界で影響力のある人物と打ち解けたらいいのだが、それも難しそうだ。

「ああ、ディア様が侍女だったら、安心して嫁いできますのに。まさか、エリーゼ姫に先を越されていたとは……」

姫は王女と何度か面会しているらしい。堂々としていて、ハキハキ喋り、思ったことはなんでも言う人だと語っていた。また、社交界の人気者で、常に多くの人々に囲まれていると。

「自分に自信があって、私とは真逆の御方でしたわ。正直に言えば……ちょっと苦手なタイプなんです」

毎日アロイスに恋文を送るような人物だ。姫のように、控えめで楚々《そそ》とした性格ではないだろうと、ある程度予測はしていた。上手くやっていけるのか。ユースディアは若干不安を感じてしまう。

「しかし、ディア様がいるのならば、王女様のところに、遊びに行ってみようかしら」

王女と仲良くなったら、姫を認める者も増えるだろう。いい機会なのかもしれない。

ここで、夜会の終了を知らせる鐘が鳴った。姫はハッとなり、眉尻を下げて謝罪する。

「ごめんなさい。長く引き留めてしまって」

「いいえ、楽しい時間でした」

姫はユースディアの手をぎゅっと握り、ふんわりと微笑みかける。

「また今度、ゆっくりお話ししましょう」

「はい。心から、楽しみにしております」

立ち上がった瞬間、ガーターベルトに挟んでいたスクロールを落としてしまう。

「あら、こちらは、スクロールではありませんか？」

姫が拾い上げ、ユースディアに差し出してくれた。

「え、ええ」

アロイスが発作を起こしたときのことを考えて、予備として持ち歩いていたのだ。

最後の最後で失敗した！

ユースディアは脳内で頭を抱える。

姫はぱちぱちと目を瞬かせ、スクロールを見下ろしていた。

「あの、この国では、スクロールが普及していますの？」

「いえ、稀少な物です」

「ですよね」

千年以上も前に作られたスクロールが、現代まで残っていて高値で取り引きされることもある。中には、屋敷が買えるほどの金額がついたスクロールもあった。それほど珍しく、稀少なのだ。

「先ほどのスクロールは、闇魔法のスクロールでしたね」

「ええ……。公爵家の秘宝を、いただいたので、その、護身用に、持ち歩いておりました」

「まあ、すてき！」

「しかし、よく、ご存じでしたね」

「我が国では、一般的な教養ですわ」

「そう、なのですね」

国によって、魔法文化についての理解度は異なる。隣国には多くの魔法使いがいて、魔法の学習にも力を入れているらしい。

たった数分の会話で、ユースディアは全身に汗を掻いてしまう。なんとか誤魔化せたようだが、闇魔法のスクロールを持っているというのは、明らかに怪しい。バレたのが、姫でホッとする。

「では、失礼を」

ごきげんようと言って去ろうとしたのに、姫が「あ！」と声をあげる。

「どうかしましたか？」

「闇魔法といえば――先ほど、闇魔法について話をする男女を、発見してしまったのです」

「なっ⁉」

まさか、姫の口から闇魔法について出てくるとは。

「王太子殿下とお別れしたあと、柱廊から庭に出て気分転換をしようとしていたら、東屋《あずまや》にいた男女が、ヒソヒソと話していました。姿はよく見えなかった上に、話の内容も詳しくはわからなかったのですが」

怪しいとしか思えない。いったい誰だったのか。気になるが、そこまでは確認できなかった。

「そのようなことがあったのですね。ご無事で、何よりです」

「ディア様、大丈夫ですよ。今宵は新月ですので、闇魔法は使えません」

「あ――そう、ですね。姫は、闇魔法について、本当によくご存じですね」

「はい。一般的には邪悪なイメージのある闇魔法ですが、怖いのは一部の悪い魔法使いで、闇魔法自体は恐ろしいものではないのですよ」

闇魔法についての誤解や偏見がないようで、ユースディアはホッと息を吐く。

ただ、闇魔法についてはあまり現代では話題に上がらない。魔法に明るいお国柄とはいえ、なぜ、姫は正しく理解しているのか。ユースディアは質問してみた。

「私の国には、闇魔法使いが主人公の絵本があるんです。ほとんどの国民はそれを読んでいますので、闇魔法使いについて悪い印象は持っていないのですよ」

その本がこの国でも普及していたら、どんなによかったか。しみじみと思ってしまう。

ここで、扉が叩かれる。アロイスが、ユースディアを迎えに来たようだ。

「アロイス様、ごめんなさい。長い時間、ディア様を占領してしまって」

「楽しい時間を過ごされたようで、何よりでございます」

姫とは笑顔で別れた。

アロイスとふたり、王宮の廊下を歩く。いまだ、胸が緊張でドキドキと高鳴っていた。

そんな状態の中で、アロイスがさらに追い打ちをかけるようなことを言う。

「ディア、そういえば、王女殿下がいらっしゃっていたのですよ。夜会ではなく私に会いに来たと言っていましたが、ディアのことも気にしている様子でした」

「へえ、そうだったの」

「はい。姫のところにいるとご説明したら、だったらいいとおっしゃり、帰っていかれました」

「ふたりの相性は、あまりよくないようね」

「性格は真逆ですからね。姫が光で、王女は――」

「闇？」

そう口にしてから、ユースディアはハッとなる。

「どうかしましたか?」

ここで話せるような内容ではない。アロイスの腕を摑んで別の休憩室へ引っ張っていった。

「ディア?」

ユースディアは、姫から聞いた話を報告する。離宮の庭で、闇魔法について話している者がいたと。アロイスは事の重大さに気づき、サッと表情を雲らせた。

「姫が行き来できる辺りの庭は、一般には開放されていません」

「つまり、王族に近しい者が、闇魔法について話をしていたってこと?」

「そうとしか、考えられませんね」

王女が離宮に来ていた。もしかしたら、話していたのは、彼女だという可能性がある。

「もうひとり、協力者がいると」

「もしかしたら、その人物が、闇魔法使いの可能性があるわ」

「そう、ですね」

せっかく姫と楽しい時間を過ごしてきたのに、最後の最後で引っかかるような話を耳にしてしまった。

「ディア、明日からの出仕は、中止したほうがいいのかもしれません」

「なんでよ」

「王女殿下が闇魔法の使い手ならば、ディアも危険な目に遭います」

アロイスの言葉に、はーっと長いため息を返す。

「あなたね、私を、誰だと思っているの？」

「私の、愛《いと》しい妻です」

「違うわよ。森の奥地に住む、沼池の魔女よ！　他の闇魔法使いなんて、敵でもないんだから！」

「ディア……！」

アロイスはユースディアをぎゅっと抱きしめる。

「私が呪われていなければ、ディアといつまでも幸せに暮らせるのに。この身が、憎いです」

「でも、あなたが呪われていなければ、私とは出会わなかったでしょう？」

「ええ」

死にまつわる呪いが、ふたりの縁を結んだ。不思議なものである。

「ディアと出会わなかったら、私の人生は暗闇の中のままだったかもしれません。それは、死んでいるも同然ですね」

呪われたからこそ、人生に光が差し込んだ。アロイスは、ユースディアの耳元でそっと囁く。

「どうか、無理はしないで。何かあったら、絶対に、私に助けを求めてください」

ユースディアはアロイスを守り、アロイスはユースディアを守る。そういう対等な関係で在《あ》りたいという。

「わかったわ。無理は、しない」

「神に、誓いますか？」

「ええ、誓うわ」

誓いの言葉は、唇に封じ込めなければならない。

二人の影は、重なった。

◇　◇　◇

とうとう、王女の侍女として出仕する日を迎えた。妙な緊張感がある。

それは、アロイスを呪った魔法使いと対峙するからか。

それとも、これまで因縁を付けられていた王女に会うからか。

テレージアが王女の離宮まで同行してくれるという。心強い味方と共に、馬車に乗り込んだ。

車内は、シーンと静まり返っている。緊張もあいまって、気まずさしかない。

ユースディアはとっておきの話題を思い出し、テレージアに話しかけてみる。

「そういえば、お義母様。アロイスに聞いたのだけれど」

「何よ？」

「ロマンス小説がたいそうお好きなようで」

質問した瞬間、テレージアは咽《む》せ始める。激しく咳き込んだので、ユースディアは背中を撫でてあげた。

「あの子は、余計なことを……！」

「私も、好きなの」

「え？」

「私を育ててくれた人が、ロマンス小説が大好きで」

「あら、そう、なの？」

「ええ。〝川から川へ流れぬ〟とか、寝る時間も惜しむほど、夢中になって読んだわ」

「か、〝川から川へ流れぬ〟ですって⁉」

テレージアはクワッと、目を見開いて接近する。そして、早口で作品についてまくし立てた。

川から川へ流れぬ——百年前に発売された伝説とも言えるロマンス小説で、初版の十万部は瞬く間に完売した。しかし、発売から一ヶ月後、発禁本として回収されたらしい。

「当時の王太子と侍女の恋を、赤裸々に書いた作品だったの。王家の名誉に関わるとかで、すべて回収されてしまった稀少な本なのよ」

評判だけが年々語り継がれるような名作だったらしい。

「それを、私より若いあなたが、読んだことがあるですって⁉」

「ええ、読んだわ」

「今、その本は⁉」

「実家の地下に、あるわ」

一応結界はかけてあるものの、妖精や精霊にいたずらされているかもしれない。保存状況は怪しいものである。

「ご家族に頼んで、送っていただけないの⁉」

「あ、私、家族はいないの。亡くなってしまったわ」

「え？」

「育ててくれた人も、本当の家族ではないのよ。ずっと、森の奥にある家で、ひとりで暮らしていたわ」

「そう、だったのね」

この辺の事情を、テレージアにはまったく話していなかった。

「あなたは、貴族の娘ではなかったのね」

「そうよ。てっきり、気づいていたと思っていたわ」

テレージアは首を横に振る。

「どこかの当主が、愛人にでも産ませた子だと考えていたのよ。あの子――アロイスがあなたについて、まったく話さないものだから、てっきり公《おおやけ》にできない身の上の娘だと」

「ごめんなさい。貴族の生まれでなくて、ガッカリしたでしょう？」

「いいえ、もう、今となっては関係ないと思っているわ。だって、フリーダなんか歴史ある伯爵家の娘だというのに、あんなに奔放で……！　愛人の子なので、仕方がないのだけれど」

フリーダについては、かなり怒っているようだ。

「やっと追い出したと思ったのに、今は堂々と離れに男を連れ込んでいるのよ！　はしたない娘だわ！」

「でも、フリーダの本命は、アロイスなのでしょう？」

「いいえ、家に連れ込んでいる男が、本命に決まっているわ！」

「そう、なの。おかしいわね……」

以前も、街でフリーダが男を連れている様子をリリィが発見していた。いったい、誰を寵愛しているのか。

「フリーダがアロイスに言い寄っている目的は？」

「家を追い出されたくないのでしょう」

逆に、迷惑行為を働くことで、追放されそうだが。その辺、フリーダが何を考えているかは謎である。何回か話したが、彼女の思っていることは想像すらできない。

それは、テレージアも同じようだ。フリーダには、相当手を焼いたという。

「大事なのは家柄だと言うけれど、フリーダとのことで疲れてしまったの。家族として暮らすならば、心を重要視したいわ」

貴族失格かもしれないけれど、とテレージアは付け加える。

「あなたがやってきてから、アロイスは雰囲気がやわらかくなったわ。笑顔も、見せてくれるようになった。周囲がどれだけ頑張っても見られなかったものを、ディアさん、あなたは数日と経たずに引き出してくれたの。その点は、感謝するわ」

「まあ、それほどでも」

褒められると、照れてしまう。そんなユースディアを見て、テレージアは初めて微笑んだ。

「ディアさん。今度、あなたが暮らしていた家に行くわ」

「いや、なんにもないところなんだけれど」

「以前アロイスが言っていたの。とても、美しい場所だったと。一回、見てみたいの」

「でも、最大の目的は〝川から川へ流れぬ〟でしょう？」

「もちろんよ。他にも、貴重な本があるかもしれないわ」

「たくさんあるから、全部持って帰りましょうよ」

「楽しみにしているわ」

ロマンス小説の効果か。それとも、身の上に関わることを話したからか。

テレージアとの距離が、ぐっと縮まったような気がした。


王女の暮らす離宮、ガラスの温室が多く立ち並ぶ通称〝クリスタル宮〟にたどり着く。

庭師が磨いた温室のガラスが、水晶のように輝いているのでそう呼ばれるようになったらしい。

温室で育てられているのは、珍しい草花。魔力が豊富に満ちる森の奥地でしか見られないような、稀少な薬草もある。

闇魔法は他の属性魔法に比べて、草花や薬草を多く用いる。これだけの規模で育てているのは、闇魔法を使うためなのか。ますます、王女が怪しく思えてしまう。

違和感は、魔法について知識のないテレージアも感じているようだ。

「なんだか、不思議な場所ね……。これだけ、隙間なく温室が並んでいる庭も、珍しいわ」

「ええ」

王女のいる棟は、おとぎ話に登場するような二本の尖塔が突き出ている白亜の建物であった。

エントランスホールには侍女がいて、中へと案内してくれた。

螺旋階段を上った先に、王女の私室があった。

ここを毎日上り下りしている侍女は、息ひとつ切らしていない。普段から体力作りをしていたユースディアは平気だったが、テレージアにはきつかったようだ。途中から、ユースディアが腰を支えていた。

外観は美しかった。だが、内部は冷たい石造りで、だいぶ古めかしい。扉を開くと、ギイと重たい音が鳴った。

長椅子に腰掛けていたのは、王太子と同じく、銀色の髪に群青《ぐんじょう》の瞳を持つ美しい女性。紫色のドレスは派手だが、品よく纏っていた。長い髪は優雅に結い上げている。ぱっちりとした瞳は、自信に溢れていた。真っ赤な口紅を塗った唇が、弧を描く。

「待っていたぞ」

無骨な口調で、ユースディアとテレージアを歓迎した。

「お辞儀や仰々しい挨拶は必要ない。そこに座れ」

命じられた通り、ユースディアとテレージアは会釈をしたのちに長椅子に腰掛けた。

「テレージア、久しいな」

「お目にかかれて、光栄に存じます」

「相変わらず、堅い」

王女は普段公の場に一切出ないが、公爵夫人だったテレージアは幼い頃に面識があったらしい。

王女はユースディアをじっと見つめる。そして左目を眇めつつ、ふっと淡く微笑んだ。

「そなた、名は？」

「ディア、でございます」

「ふむ、ディア、か。清楚で大人しい女と思っていたが、なかなか芯があるように見える」

「お言葉、嬉しく思います」

「アロイスから、薬草に詳しいと聞いた」

いきなり、核心に迫るような内容を問いかけられた。

「少々、たしなむ程度です」

「謙遜するな。あのアロイスが褒めるくらいだ。そうとう精通しているのだろう」

とりあえず、温室にあった薬草の種類はすべて答えられる程度には詳しい。けれど、それをここで披露するつもりは毛頭なかった。

「私を、怒っているか？」

「私が、王女様を？　なぜ、でしょうか？」

「私は、そなたの夫に毎日恋文を送っていた女だ」

「私が来るよりも前から、王女様は夫に恋文を送っていたとお聞きしておりましたので。それについて物申す権利はないと思っております」

「怒りは感じていない、と」

「はい」

しばし、王女と見つめ合う。ピンと、張り詰めるような雰囲気の中、ユースディアは絶対に目を逸らしてはいけないと考えていた。

「安心した」

王女の発する緊張感が、プツンと切れた――ように見えた。

そして、明るい笑顔でにこっと微笑んだ。

「そなたらだけに、本当のことを話そうと思う」

王女は立ち上がる。すると、侍女が窓を開いた。

「ここは、私にとっての理想的な楽園だ」

遠目から見た温室は、太陽の光を浴びてキラキラと輝いていた。まるで、水晶のようである。

「私は幼い頃から、薬草学に興味があった。専門的に習い始めたのは、十歳のときからだったか」

王族が勉強に熱中することなど、許されていなかったはず。まず、年頃になれば、結婚をしなければならない。

「けれど、結婚をしたら私はこの離宮から出ていかなくてはならなくなる」

それだけは絶対に避けたい。そう考えていた王女は、ある案を思いついたのだという。

「絶対に結婚しないと宣言している男、アロイスとの結婚だ」

彼以外とは結婚しない。そう宣言していたのだ。

「もちろん、アロイスと本当に結婚するつもりはない。私は薬学の勉強に専念したいから、彼に恋をしている振りをしていたわけだ」

ちなみに、アロイスと面会するときは、アロイスに恋する身代わりを仕立てていたという。そのため、アロイス自身も、王女の恋を本物だと思い込んでいたようだ。

「どうしてこれらを話す気になったのかと言えば、先日、悲しい事件が起きて――」

それは、王女の親衛隊員の話らしい。親衛隊員の本妻が、愛人をナイフで突き刺すという、痛ましい事件が起きた、と。

「私にはまだまだ、学びたいことがあるからな。そなたが私に嫉妬した挙げ句、ナイフで刺されたらひとたまりもない。アロイスを愛しているわけではないと、弁解しておこうと思った次第だ」

「そう、だったのですね」

王女は闇魔法に傾倒していない。ただの、勉強熱心な薬学オタクだったのだ。アロイスに恋をしていたわけでもなく、結婚しない口実にしていただけだった。

「あの、夫に対する感情は――？」

「堅苦しく、真面目な男だな、としか思っていない」

もっとも疑わしく思っていた王女は、アロイスを呪った張本人ではなかった？

王女を前に、ユースディアはただただ戸惑いを隠せない。

「では、あの、贈り物は――？」

大ネズミの死骸や、ミミズ、ヘビなど、一般的には悪意としか思えない品々を、王女はユースディアに宛てて贈っていたのだ。

「そういえば、フェルマー卿は何を贈り物として持って行っていたのだ？」

「ご存じ、なかったのですか？」

「ああ。奴は大商人の息子だから、贈る品物は任せていたのだ」

オスカーは王女が指示した品物を運んでいるわけではなかったのだ。ぐらりと、視界が歪んだような気がした。

「おい、大丈夫か？」

「あ——申し訳ありません」

「何か、奴《やつ》が失礼な態度でも取っていたのか？」

「フェルマー卿は、なぜ、王女殿下の護衛に？」

「ああ、あれは、父親に頼み込まれて、渋々受け入れたのだ」

王女はオスカーの実家の商会から、珍しい薬草の種や薬学書を買っていた。

「入手しにくい学術書を頼んだところ、条件として息子であるフェルマー卿を親衛隊に入れるよう、頼んできたのだ」

王女はひと目見て、オスカーに騎士としての適性はないと判断した。そのため、傍付きにはせずに、庭の見回りなどを命じていたという。

「ただ、具体的な仕事がないとサボる癖があるようだから、そなたに贈り物を届ける仕事を頼んだのだ」

ちなみに、恋文をユースディアに渡す仕事は、命じていなかったという。これまで通り、家令に預けるように指示していたようだ。

「あいつは、何をどう誤解して、妻にアロイスへの恋文なんか渡していたのか」

贈り物は、結婚しない理由にアロイスを使うことに対しての「詫び」の気持ちだったらしい。

「家に、帰ったほうがいいな。顔色が悪いぞ」

「申し訳、ありません」

王女の傍で呪いについて調査できるよう、いろいろ考えていた。それなのに、作戦は白紙となってしまい、少なからず動揺していた。

お言葉に甘えて、お暇《いとま》させてもらう。

テレージアにも、ユースディアの具合が悪いように見えたのだろう。何も言わずに、優しく背中を撫でてくれるばかりであった。

公爵邸にたどり着くと、本日来た手紙が渡される。それから、リリィの訪問が告げられた。

私室に行くと、ムクムクを胸に抱いたリリィが、目の前に飛び込んできた。

「ねえ、ディア様！　思い出しましたわ！」

「え、何が？」

「この前、フリーダと街を歩いていた男の人のことですわ！」

「ああ、その話」

今は王女のことで頭がいっぱいだった。リリィの話など、正直聞いている暇はない。

そう思っていたが、彼女が発した名にギョッとすることとなった。

「フェルマー卿よ！　いつも、公爵邸にやってきて、ディア様に面会していく騎士！」

「フリーダが、フェルマー卿と一緒にいたですって!?　本当に!?」

「え、ええ。間違いないかと」

ここ最近、ほぼ毎日公爵邸に入り浸《びた》っているリリィは、フェルマー卿とよくすれ違っていたらしい。

「わたくしには目もくれず、ずんずん大股で歩く姿は癖があるから。間違いないわ」

「そう」

フリーダは、オスカーと並んで街を歩いていた。なぜなのか。

バラバラだった点と線が、繋がるような、繋がらないような。

そういえば、フェルマー卿はユースディアに会ったあと、裏口から出て行くと誰かが話していたような。裏口は離れに近い。もしかしたら、離れに住んでいるフリーダに会いに行っていたのかもしれない。

怪しい点は、いくつもある。けれど、確証には至らなかった。

一度、アロイスと話し合いたい。ここ最近、アロイスは国王生誕祭の警備の関係で、忙しくしているようだ。夜も、日付が替わってもなかなか帰らない日もある。そういう日は、先に休んでいるのだ。

「間違っていたら、ごめんなさい。ディア様が気になっていらっしゃるようだったから、一生懸命考えて、思い出しましたの」

「ありがとう、リリィ」

「いえ」

ムクムクを撫でるような気軽さで、リリィの頭を撫でた。すると、目を細めつつ頬を染めている。

「どうぞ、わたくしのことは気にせずに、お手紙を読まれてはいかが？」

「あ――そうね」

姫からの手紙であった。一枚目には昨日は楽しかった、二枚目にはまた会って話をしたいと書かれていた。二枚目が、本題だったようだ。

本格的に、侍女を探すらしい。話し相手も兼ねられる、同じ年頃の娘がいいという。もしも、適任者がいたら紹介してほしいとも。

「アマーリエ姫の侍女兼話し相手、ねえ」

貴族令嬢の知り合いは、リリィしかいない。

「あ、リリィ、いいかも」

「何が、よろしいのかしら？」

「あなた、アマーリエ姫の侍女と話し相手をやってみる気はない？」

「え⁉　わ、わたくしが？」

「そうよ」

姫も小動物が好きだと言っていた。リリィと気が合いそうだ。

「いい人がいたら、紹介してほしいとアマーリエ姫に言われたの」

「わたくしで、いいのでしょうか？」

「いいと思うけれど、嫌？」

「嫌——ではありませんわ！」

「だったら、まずはリリィのお父様に、話を聞いたほうがいいわね。手紙を書くから、少し待っていてくれるかしら？」

「ええ。よろしくお願いいたします！」

自分の中の縁が、どこに繋がるかわからないものである。本当に、不思議なものだと思う。


夜——アロイスが帰宅する。今日も遅かったが、ユースディアは寝ずに待っていたのだ。

「すみません、遅くなって」

「いいえ、いいわ。ごめんなさいね。疲れているときに」

「ディアの顔を見たら、元気が出ました」

「はいはい」

無駄な会話をしている暇はない。すぐさま、本題へ移る。

「今日は、王女殿下のもとに挨拶に行く日でしたね」

「ええ」

「どうでしたか？」

「どうもこうも、大変な話を聞いてしまったわ」

本人に伝えてもいいと言われていたので、ユースティアはアロイスに王女から聞いたネタばらしのことをそのまま伝えた。

「――というわけで、あなたはいいように利用されていたみたいよ」

「そう、だったのですね。まさか、そんな事情があったとは」

「一応、あなたに悪いと思っているのですって」

アロイスは遠い目で、明後日の方向を見つめていた。きっと、これまでいろいろあったのだろう。

ユースティアはその辺の事情を、やんわりと察した。

「その辺のお話は、今度改めて聞いておきます。次は本物のほうに」

「そうね。それがいいわ」

ひとまず、王女はアロイスを呪った人物ではないことが確認できた。

よかったと言っていいのか、悪いのか。アロイスは深い深いため息をついている。

「調査は、振りだしに戻ってしまったわけですね」

「ええ」

それに関連して、オスカーについて不可解な点を報告する。

「前に、王女殿下が大ネズミの死骸や、ミミズ、ヘビを贈ってきた、という話はしていたわよね？」

「ええ。王女殿下は、いったいどういうつもりで贈っていたのでしょうか？」

「それが、贈り主は王女殿下ではなかったらしいの」

「いったい、誰が？」

「それはわからない。ただ王女殿下はフェルマー卿に、適当に品物を用意するように命じていただけだったのよ」

今言えるのは、オスカーが怪しいという点だけ。

「たしかに。彼の実家は商売をしているので、そういう品も調達しやすいのでしょうね」

さらに、リリィの目撃情報も添えておく。

「フェルマー卿は、フリーダと街に出かけていたらしいの」

「また、妙な組み合わせですね」

「本当に」

家に出入りしているうちに出会ったのか。それとも、以前からの知り合いだったのか。実家が商家である以上、誰と一緒にいても不思議ではない。

王女の手紙を持って訪問したあと、必ず裏口から出て行く話も伝えておく。

「ひとまず、フェルマー卿について調べてみましょう。すぐにでも、探偵に依頼します」

「お願いね」

胸が、ザワザワと落ち着かない気持ちになる。王女が犯人で間違いないと思い込んでいたからだろうか。

「ディア、大丈夫ですよ」

「なんで、あなたが私を励ますのよ」

逆に、ユースディアがアロイスを励まさなければならないところである。ユースディアの倍以上、アロイスは不安に思っているはずだ。命に関わる呪いである。

ふたりが出会ったころは、呪いの発動は半年後だった。それから四ヶ月経ち、残りのアロイスの寿命は二ヶ月もない。

「なんだか、嬉しくて」

「は？」

「ディアが、悲しんでいるのが」

「なんで、人が悲しんでいるのが嬉しいのよ。あなた、おかしいわよ」

「そうですね。おかしい、のかもしれません。でも、嬉しいのです。これまでの人生の中で、私のことをこんなにも考えて、行動を起こしてくれる人なんて、ディアくらいだなと思ったら、悲しみや不安よりも、嬉しさがこみ上げてくるのです。なんと言いますか、我が人生、悔いなしと表現すればいいのか」

「何が我が人生悔いなしよ！」

悲しみの感情はどこへ行ったのか。アロイスの斜め上の思考を聞いていたら、ユースディアはだんだん腹が立ってくる。

「こうなったら、さっさと呪いを解いて、あなたを死ぬほど困らせてやるわ」

「楽しみにしています」

いつか、アロイスをぎゃふんと言わせてやる。それが、ユースディアの目標となった。

◇◇◇

王女の侍女として働く日々が始まった。彼女が闇魔法使いではないとわかった今、侍女をする必要はまったくない。けれど、辞退なんぞできないので、渋々通っている。

「ディア、今すぐスイート・アリソンとミスルトウ、ブルーベル、スプリング・ビューティーを温室から採ってきてほしい」

「承知いたしました」

薬草や毒草に詳しいユースディアは、侍女というより王女の助手と化している。代わりに、テレージアが侍女の仕事を行うことになった。

王女付きの侍女は、主張の少ない控えめな女性が多い。そのため、集団を纏める者がいなかったのだ。テレージアの統率力のおかげで、仕事の効率はぐっと上がったともっぱらの評判だ。

「これで、いいですか?」

「完璧だ。そなたは最高の助手だな!」

「助手ではなく、侍女です」

どうしてこうなったのか。ユースディアはひとり、頭を抱え込む。

「王女殿下、国王陛下の生誕祭のリハーサルには、行かれないのですか?」

「身代わりを参加させている。明日も、彼女を参加させるから、問題ない」

問題は大ありだろう。だが、ユースディアは物申していい身分ではない。ただただ、命じられた通りに動くしかない。

「あ、そろそろアマーリエ姫が来る時間かもしれん」

「はい？」

「茶を飲む約束をしていたのだ」

夜会のあと、姫はありったけの勇気を出し、王女に直接連絡したようだ。仲良くしてほしいと、申し出たらしい。

以降、姫と王女は頻繁に茶を飲む関係となった。姫の侍女に選ばれたリリィを連れ、王女の離宮へ週に一度は遊びにやってきているらしい。

「アマーリエ姫がいらっしゃるという情報は、初めて聞いたのですが」

「言い忘れていたな」

ユースディアは回れ右をして、厨房へ走った。至急、姫を迎えるための茶と菓子の用意を頼む。

他の侍女にも報告して、大急ぎで準備することとなった。

やってきた姫は、楽しそうに王女と過ごしていた。

なんとか間に合ったので、侍女一同胸を撫で下ろしている。

古株の侍女に聞いたところ、当日に急遽必要な用事を言い出すことはこれまでもあったらしい。

それを聞いて黙っているユースディアではなかった。姫が帰ってすぐ、こういうことは困ると抗議した。

抗議の結果、王女に届いた手紙は、すべてテレージアが管理するようになった。

◇◇◇

国王陛下の生誕祭の当日となった。アロイスは日の出前に出勤していったらしい。彼にとって、忙しい一日が始まるのだろう。

国内、国外問わず貴賓が集まり、街では祭り、王宮ではパーティーが開催される。

朝から昼まで国王の生誕を祝し、教会で祝福が行われる。

正午には、宮廷前の広場が開放され、露台《バルコニー》から国王を中心とする王族が国民の前に姿を現すのだ。

昼過ぎからは、親衛隊を中心とした騎馬パレードが行われる。国民に人気の行事らしい。

それらの準備のために、アロイスは忙しくしていた。今日でそれも終わるとなると、ご苦労様と労《ねぎら》いたい気分になる。

本日のユースディアの侍女業は休み。夕方からある夜会の時間まで、ゆっくりりする予定だ。

午前中はアロイスのためにスクロールを作り、午後からはどうしようか。考えているところにムクムクが、一通の手紙を執務机に持ってきてくれる。

『これ、ご主人にお手紙です』

「ありがとう」

本日届いたユースディア宛ての手紙は、これで十通以上になった。王女の侍女になってからというもの、茶会の招待が届くようになったのだ。面倒だと思いつつも、テレージアの勧める相手とは会うようにしている。

ひとまず、知り合いへの返信を優先しようと差出人を確認していたら、古代文字を発見してギョッとする。

古代文字は現代では常用されておらず、主に魔法の呪文や魔法書の執筆にのみ使われていた。

もちろん、王都にも、故郷にも、魔法使いの知り合いなんていない。

差出人を記す箇所には、驚くべき言葉が書き綴《つづ》られていた。

「月を愛する者よりって――何よ、これ！」

月を愛する者というのは、闇魔法使いを示す隠語である。その昔、迫害されていた闇魔法使いは、異端審問局に発見されないよう、そう名乗っていたのだ。

いったい、誰がこんなものを送ってきたのか。手紙を前に、怒りがジワジワとこみ上げてくる。

まさか、アロイスを呪った者からの手紙なのか。どくん、どくんと、胸が妙な感じに鼓動する。

この手紙自体、罠かもしれない。大理石の床に白墨《チョーク》で魔法陣を描く。そこに、自身の魔力を流し込んだ。

もしも、封筒に闇魔法がかけられていたら、魔法陣が反応するだろう。

魔法陣の上に、手紙を置いた。何も起きない。どうやら悪質な魔法はかかっていない、ただの手紙のようだ。

若干憤りながら、手紙を開封する。中には、一枚のカードが入っていた。

差出人と同じく、古代文字で書かれている。

「今宵、闇魔法を愛する者の集会を行います――ですって⁉」

今晩は満月。闇魔法の力がもっとも活性化される夜である。

かつて、闇魔法使いは満月の晩に夜宴を開いていた、という話は先代から聞いていた。魔力が満ちて闇魔法が難なく使えるため、当時は安息日《サバト》とも呼ばれていたようだ。

『ご主人、なんなんですか、それは？』

「わからないわよ」

どこであるかは、書いていない。と思いきや、カードを裏返すと、魔法陣が浮かび上がって地図が脳裏に浮かんでくる。

薄暗い、路地裏。住宅街を抜け、歓楽街を通り過ぎ、空き家が並んだ通りが見えた。

「これは、王都の下町⁉」

『どうかしたんですか？』

「頭の中に、夜宴がある場所が、見えたのよ」

『それはそれは。手が込んだ招待状ですね』

現状、アロイスを呪った者の尻尾は掴めていない。調査は難航していたのだ。

アロイスに残された期間は残り僅かだ。この集まりで、何か手がかりが掴めるならば参加したい。

「けれど、これは罠なんでしょうね」

『で、ですねえ』

この現代に、集会が開けるほど闇魔法の使い手が残っているわけがない。いたとしても、ユースディアや先代のように、森の奥地に隠れ住んでいるだろう。

「最大の疑問は、どうやって私が闇魔法使いだと知ったか、ね」

『ええ』

ユースディアが闇魔法使いだということは、アロイスしか知らないはずである。

アロイスに沼池の魔女について教えた乳母はとっくの昔に退職していて、地方で暮らしていると聞いていた。アロイスが結婚したことすら、知らないだろう。

「他に、心当たりなんていないんだけれど。王女殿下の潔白は確実で、リリィは魔法の魔の字すら知らないし。あとは――」

『そういえばご主人。フェルマー卿の調査は、どうなったんですか?』

ムクムクの問いかけを聞いて、ユースディアは「あ!」と声をあげる。怪しい奴が、ひとり残っていた。

「調査の結果は、まだ出ていないわ。三日前の話だけれど」

国王の生誕祭が近づくにつれて、アロイスは家に帰れなくなったのだ。一応、探偵から連絡が来たらユースディアにも報告するように家令に命じていた。

それで三日前に探偵がやってきたので、ユースディアが応じたのだ。

だが望んでいた情報はなく、引き続き調査中であるという結果しか得られなかった。

「王女殿下はフェルマー卿を傍に置かないから、普段の彼が何をしているのか、まったく把握していないのよね」

王女の侍女を務めている間、オスカーとは一度も顔を合わせなかった。傍付きの騎士にでも、彼についての話を聞いておけばよかったと後悔する。

『ご主人、どうしますか？』

一度、アロイスに相談したほうがいいだろう。けれど、こんな好機は今回ばかりかもしれない。危険だとわかってはいるものの、もしかしたらアロイスを呪った者と会える可能性もある。そんな思いが、ユースディアを駆り立てる。

ユースディアには奥の手があった。もしも何かあったときは、それを使って乗り切るつもりだ。

覚悟を決めて、ムクムクの前で宣言する。

「行くわ！」

『ほ、本気ですかあ⁉』

「本気よ。せっかく招待されたんですもの」

現状、アロイスを呪った闇魔法使いについて情報が集まらず、やきもきしていたのだ。

『危険ですよお。一回、アロイス様に、ご相談されてからのほうが、よいかと』

「あの人を、闇魔法使い達に関わらせたくないの。闇魔法使いの問題は、闇魔法使いが解決するのが筋ってものよ」

『しかし――』

「いいわ、ムクムク。あなたは、ここに残っていなさい」

『え⁉』

ムクムクは戦闘能力が皆無なので、連れて行っても仕方がない。もしもユースディアが帰らなかったら、リリィに引き取ってもらいなさいと、言っておく。

『そんな、ご主人！　見捨てないでくださいよお』

「見捨てるんじゃないわよ。臆病なあなたを想って、言っただけなんだから」

『たしかに臆病ですけれど、いたらほんのちょっとでも、役立つかもしれませんよ』

「でも、怖いんでしょう？」

『怖いですけれど、ご主人がいなくなるほうが、もっと、怖いです』

「ムクムク……」

ビクビクしながらも、勇気を示したムクムクを抱き上げる。リリィに手入れしてもらった毛並みは、ピカピカであった。

つぶらな瞳をユースディアに向けていた。これまでにないくらい、キリッとしていた。

「わかったわ。一緒に行きましょう」

『はい！』

出発する前に、アロイスに宛てた手紙を書く。

朝までに戻らない場合は、下町の赤い屋根の家にいるから探してほしい、と。

闇魔法に関連したことなので、魔法に精通している者の同行があったほうがいいとも付け加えておく。

これが、最後の手紙になるかもしれない。素直な気持ちを、書いておくべきか。ユースディアは考える。

これまで一度も、アロイスに対する気持ちを口にしていなかった。一度くらいは、伝えてもいいだろうか。

しかし、ユースディアがもし生きて帰らなければ、アロイスの中で未練となるかもしれない。

首を横に振り、ペン先に付けたインクは拭き取った。

書いた手紙を、家令へと託した。アロイスが帰ってきたら渡しておくように、頼んでおく。

「お義母様にも何か手紙を残しておきたいけれど、時間がないわね」

代わりに、テレージアの侍女へ伝言を残しておく。暇ができたら、アロイスと森の家に行ってロマンス小説を回収してきてほしいと。家の鍵も、一緒に預けておいた。

沼池の魔女の正装である黒衣を纏い、ポケットにムクムクを忍ばせる。魔法を使う媒体となる腕輪も、久しぶりに嵌めた。

ユースディアがこれから何をするのか、侍女にはわからないのだろう。珍しく戸惑っているように見える侍女達に、ユースディアは声をかけた。

「ちょっと、これから出かけてくるわ。同行は必要ないから」

普段、表情筋のひとつも動かさない侍女達が揃って眉尻を下げ、明らかに困惑している。

「すぐに戻ってくるわ」

生きていたらだけれど。そんな言葉は、喉から出る前に呑み込んだ。

公爵邸から下町まで、徒歩一時間である。歩いて行ったら、ほどよい時間になるだろう。

ひとりで出かけないほうがいいと、家令はユースディアを引き留めた。しかし、向かう先は闇魔法使いの夜宴である。心得のない者を同行させる気はさらさらなかった。

大丈夫だからと言い、ユースディアは公爵邸を出る。

国王の生誕祭は、大いに盛り上がっているようだ。道行く人達は、露店で売っている食べ物をおいしそうに頬張っていた。夜の花火が楽しみだとか、パレードが素敵だったとか、さまざまな会話がユースディアの耳に届く。

こんな風に皆が安全に国王の生誕祭を楽しめるよう、アロイスは奔走していたのだ。話を聞いていると、誇らしい気持ちになる。

一度足を止めて、王城を振り返った。

天を衝《つ》くようにそびえ立つ城――そこに、アロイスがいる。

ふいに、胸が、ぎゅっと締めつけられた。

ユースディアは、アロイスの財産目的で結婚した。けれど、一緒に過ごすうちに、彼の優しさや弱さに触れ、その人となりを理解するようになる。

一見して恵まれているように見えても、アロイスは孤独だった。そんな彼を支えたいと思うようになったのは、いつからだったか。

この結婚は、契約である。しかしながら、しだいにアロイス自身も欲しくなった。

沼池の魔女はごうつくばりで、欲張りなのだ。

歴代、そういう性質の者が技術を引き継いでいるので、仕方のない話である。

もしも、夜宴にアロイスを呪った者がいるならば、捕まえて殴り飛ばしてやる。ユースディアはそう、心に決めていた。

時間が経つにつれて、通りに人が増えていく。誰も、黒衣のユースディアなんて気にしない。各々《おのおの》、祭りを楽しんでいるようだった。

今宵は満月。地上に魔力が満ちるとき。

一歩、一歩と進むうちに、緊張感が高まっていく。

足早に進んでいたのに、途中で声をかけられてしまった。

「お姉さん、国王陛下の生誕祭を記念した、夜明灯《やめいとう》はいかがかな?」

露店の店主が掲げたのは、紙で作られた王家の紋章入りのランタンであった。

中には粗悪品の魔石が入っており、周囲をほんのりと照らしている。おそらく、一晩保つか保たないかくらいの品質だろう。

この先、暗くなるかもしれない。ユースディアは店主にコインを渡し、夜明灯を受け取った。

それから、人と人の間を縫うようにして、下町のほうへと進んでいく。

月明かりが、思いのほか路地を明るく照らしていた。

体が、いつもより軽い。自身の中に刻まれ、長年馴染んでいる闇魔法の呪文が、活性化されているからだろう。普段から感じている倦怠感が嘘のようだった。

闇魔法使いの夜宴とは、いったい何が行われているのだろうか。怪しさだけは満点である。

一時間後――ようやくたどり着いた。

「ここね」

独り言を呟きつつ、窓から中の様子を覗き込む。何やらぼんやりと灯りが見えるものの、状況はいまいちわからない。人の気配もないように思える。

国王の生誕祭に乗じたいたずらだったのか。そんなことを考えていると、扉がギイ……と不気味な音を立てて開いた。

「――ッ‼」

思いがけない物を見て、悲鳴をあげそうになった。

扉の内側には血で描いた魔法陣があり、中心にナイフに刺さったトカゲがぶらさがっていたのだ。まだ生きているようで、尾がゆらゆらと動いている。

これは、扉を自動で開け閉めする趣味の悪い闇魔法であった。ユースディアはナイフを取り出して、トカゲを断つ。すぐに息絶え、動かなくなった。

「最悪」

ここで、本物の闇魔法使いが関わっているとわかってしまった。

いったい、誰が仕掛けたものなのか。腹立たしく思いつつ、建物の中へと足を踏み入れた。

夜明灯で室内を照らしつつ、先へと進む。ただの民家のようだが、埃っぽくて生活感はまるでない。足下には火の灯った蝋燭が置かれた髑髏《されこうべ》が、不気味な様子で並んでいた。

髑髏のある方向へ進むよう、促しているのだろう。

会場となった家には地下部屋があった。髑髏は、階段にもポツポツと置かれてあった。

ユースディアは警戒しつつ進んでいく。

階段を下りた先でやっと、人の気配を感じる。通路を進んだ先に、おそらく十名以上の人々がいるのだろう。

胸はバクバク。やたら喉が渇いていた。

ここから先に進んだら、きっとあとには戻れないのだろう。

息を大きく吸い込んで――吐く。大丈夫、大丈夫と言い聞かせても、落ち着かない。それどころか、不安な気持ちはふくらんでいくばかりだ。

それでも、行くしかない。アロイスの呪いを解くヒントがあるかもしれないからだ。

コツン、コツンと、靴の踵《かかと》の音が鳴り響く。

扉の前までやってきたユースディアは、思いっきり蹴り開けた。

古くなっている扉だったのだろう。蝶番《ちょうつがい》は外れ、あっさり倒れる。

扉の向こう側には、鳥に似た仮面を被った黒衣の闇魔法使いらしき人々が十数名いた。ユースディアが扉を蹴って開けるとは想像もしていなかったからか、うろたえているように見えた。

ざまあみろと、内心思う。

彼らはおそらく、誰かの依頼を受けてこの場にいるのだろう。殺意は感じず、統率も取れていなかった。

一応、注意しつつ内部の様子に目を向けた。

部屋は、四方を囲むように髑髏の蠟燭が並べられただけの、薄暗い空間であった。中心には祭壇が置かれ、背の高い男が血で赤く染めた髑髏を手に持った状態でユースディアを見つめていた。

「あなた達ね、国王陛下の生誕祭当日に、何をしているのよ」

ユースディアの問いかけに、答える者はいない。

祭壇に接近すると、周囲にいた闇魔法使いはユースディアに視線を向ける。不気味だが、殺そうという気持ちはまるで感じないので恐ろしくない。ユースディアからの返り討ちを警戒しているのだろう。

だが、唯一ユースディアに殺意を向ける者がいた。

「ねえ、呪いをかけたのは、あなたなの？」

責めるようにユースディアは問いかけた。仮面を付けているので、相手がどのような表情をしているかはわからない。けれど、何か憎しみのような感情が、ユースディアに向けられているような気がしてならないのだ。

「それとも、誰かに依頼されたのかしら？　早く、言ったほうがいいわよ。私を敵に回したら、大変なことになるんだから」

思っていた以上に、口が堅い。

いったい何の目的で、ユースディアを呼び出したのか。

「ねえ――」

そう声をかけた瞬間、急に男が動く。祭壇にかけてあった布をユースディアに投げつけ、体当たりしてきた。

「ぐっ⁉」

想定以上の衝撃に、奥歯を噛みしめる。ユースディアの体は宙を舞い、床に叩きつけられたあともぐるぐると転がって壁にぶつかる。

視界の端で、髑髏と蠟燭がバラバラに飛び交っていた。黒衣に火が移らなくてよかったと安堵したのもほんの数秒のこと。

みぞおちが、信じられないくらい熱いのに気づいた。何かの魔法か。そう思って触れたら、ぬるりとした液体状のものに気づいた。

「——え？」

それが何か、理解するのに数秒かかった。熱の正体に気づいた瞬間、鋭い痛みに襲われる。

よく熟《う》れた桃から、汁が滴り落ちるようだとユースディアは他人ごとのように思う。

血がこれ以上滴らないよう、拳を握って押さえた。

ぶつかっただけだと思っていたが、どうやら鋭利な何かで刺されていたようだ。

頭上より、「ハア、ハア」という荒い息づかいが聞こえた。顔を上げると、手に真っ赤に染まったナイフを握った男がいた。

仮面の奥にある瞳と、視線が交わる。どこかで見た記憶のある目だった。

「俺の周囲を、こそこそ嗅ぎ回りやがって‼」

これもどこかで聞いた声である。そう思ったのと同時に、男は手にしていた血まみれのナイフを再び振り上げた。

出血のせいか、上手く体が動かない。ユースディアは歯を食いしばり、衝撃に備えた。

「ぎゃあっ!!」

悲鳴はユースディアのものではなく、男のものだった。

ナイフを握る手に、ムクムクが噛みついていた。

臆病なムクムクが、勇気を振り絞ってユースディアを助けてくれたのだ。胸がジンと震えるのと同時に、ユースディアは反撃を試みる。

「まったく、ふざけたことをしてくれたわね」

傷口から手を離す。血が、ドクドクと傷口から湧き出てきた。ユースディアは指先で血を掬い取り、魔法陣を描いた。

「これが、正真正銘の、〝闇魔法〟よ!!」

血で真っ赤になった手のひらを、魔法陣の上に叩きつけた。

「クソ、クソ！　この、リスめ!!」

『うううううう!!』

男が手を大きく振りかぶった瞬間、ムクムクの体は宙を舞った。石の床の上に叩きつけられ、動かなくなる。

「ふん！　人間様に噛みつくから、そうなるんだ。因果応報だっ――――！」

男は立ち止まり、口の端からツーと血を滴らせる。

「は？」

腹部を押さえ、糸が切れた操り人形のように膝を突いた。

「な、な、なんだ、こ、これは⁉」

男は、腹部から手を離す。すると、手のひらが真っ赤に染まっていた。

「なっ、う、うわあああああ‼‼」

血が、噴水のように噴き出てきた。男は床の上に転がり、ジタバタと暴れる。

「クソ、魔女‼　俺に、何をしたんだ⁉」

「反転魔法、よ」

ユースティアはのっそりと立ち上がり、男の問いかけに答える。

視界が、ぐらりと揺れた。傷は塞がったが、失った血は取り戻せない。すこぶる気分は悪かったが、男に悟られないよう毅然とした態度でいるよう努めた。

「反転、魔法、だと？　な、なんだ、それは⁉」

「受けた傷を、相手にそのまま返す闇魔法よ。あなたの言葉を借りるならば、因果応報、ね」

「ば、化け物‼」

「何が化け物よ。人のことをナイフで突き刺しておいて。あなたのほうが、よほど化け物のように思えるわ」

「う、うるさい‼」

ユースティアはため息をつきつつ、床に転がっているムクムクを抱き上げた。

気まずそうな表情のムクムクと、目が合う。これ以上攻撃されないよう、死んだふりをしていたようだ。

『ご主人、その、大丈夫ですか？』

「おかげさまでね」

『よ、よかったですう』

ユースディアは安堵の息をつくムクムクをポケットに入れ、床の上でのたうち回る男の仮面を引き剝がした。

「や、止《や》めろ！」

「何が止めろ、よ」

男の顔を見て、ユースディアは「やっぱり」と呆れたように呟く。

「フェルマー卿、あなた、自分が何をしたのか、わかっているの？」

「う、うるさい」

「あなたは——闇魔法の使い手ではないわね」

もしも闇魔法に精通していたら、ユースディアを刺すという愚かな行為は働かなかっただろう。

闇魔法には血肉を使って行う魔法がある。その中でも、受けたダメージを相手に返す反転の呪術は、闇魔法を代表するようなものだ。

「誰かに頼まれたの？」

「……」

「早く答えないと、出血多量で死んでしまうわよ」

「……さい」

「ん？」

「うるさい‼」

激昂したオスカーは、黒衣の者達へ命じる。

「お、おい、お前ら、この、この女を、殺せ‼」

敵が手負いと見てじりじりと動き始める彼らを見て、ユースディアはチッと舌打ちする。

反転の魔法は多勢に対して発動するのは不可能に近い。黒衣の者達は、十名以上いる。

もうひとつ、血を使った攻撃魔法があるが、先ほど刺されて血を失ったばかりである。これ以上失ったら、ユースディアも危機的な状況に追い込まれてしまう。

だんだんと、視界が歪んできた。奥歯を食いしばる。

「フェルマー卿……。私を殺したら、夫が、黙って、いないわ」

「口が減らない女だな。おい、この女を殺した者には、追加で金貨十枚払うぞ‼」

オスカーがそう叫んだ瞬間、ユースディアは腰ベルトのナイフを引き抜いた。

血を、肉を、捧げよう。

闇魔法の恐ろしさを、今こそ知らしめてやる。

そんな気分で、ユースディアはオスカーと対峙していた。

「殺せ‼」

「誰が、誰を、殺す、と？」

落ち着いているのに、どこか激しく燃えるような声が聞こえる。

よくよく知っている声を耳にしたユースディアは、その場にぺたんと膝をつく。

「お、お前は――アロイス・フォン・アスカニア⁉」

オスカーの言葉に反応せず、アロイスはユースディアのもとへ駆け寄った。

「ディア‼」

抱きしめようと触れた瞬間、血で濡れた部分に触れたのだろう。ギョッとしていた。

「ディア、怪我を⁉」

「大丈夫。私は、平気。それよりも――」

黒衣の者達を警戒したほうがいい。そう言おうとした瞬間、バタバタと大勢の者が押し寄せる足音が聞こえた。

「抵抗する気がない者は、壁際に立って両手を頭の後ろに回せ‼」

騎士隊が、駆けつけたようだ。黒衣の者達は大人しく、壁際に寄っていた。

「ディア、もう、心配はいりません」

「ええ、そう――」

言い切らないうちに、ユースディアの意識はぷつりと切れる。

目の前が、真っ暗になった。

◇◇◇

ごうごうと、燃える。見渡す限りの炎に呑み込まれ、ユースディアはもがき、苦しんでいた。

これが、闇魔法を使った対価だ。

地面から燃える手が、ユースディアのほうへと差し伸べられる。

こっちへこい、こっちへこいと誘っているようだ。

炎を避けつつ逃げていたら、転倒してしまう。燃える手が、ユースディアの足を掴んでいたのだ。

悲鳴をあげ、掴まれていないほうの足で手を蹴る。すると手首は折れたが、手は足から離れない。

炎が足に燃え移る。

全身、炎に呑み込まれそうになった瞬間、ひんやりと冷たい手が、ユースディアの炎を払っていった。

「――ディア、――スディア」

「うっ……」

誰かが、ユースディアを呼んでいる。それは、誰なのか。応えても、いいものか。

「ユースディア!!」

彼女の名を知る者は、世界でひとりしかいない。

ユースディアの夫、アロイス。

「助けて――アロイス!!」

アロイスの名を叫んだ瞬間、炎は消えた。そして、ユースディアの意識は覚醒する。

目を覚ますと、アロイスがユースディアの手の甲に口づけしていた。

「何、してんのよ」

目覚めの一言は、自分でも信じられないくらい辛辣《しんらつ》であった。

「ディア‼　ああ、よかった」

アロイスは素早く額に口づけを落とし、「少し待っていてください」と言って出て行った。すぐに、医者を伴って戻ってくる。看護師もいて、あっという間に大勢の人達に囲まれてしまった。

視界の端に、テレージアを発見する。瞳を潤ませ、ユースディアのほうを見つめていた。

「問題ないでしょう。あとは、薬を飲んで、数日安静にしていれば問題ありません」

「先生、ありがとうございます」

アロイスは医者に深々と頭を下げる。テレージアも、過剰なまでに感謝の気持ちを伝えていた。

医者と看護師がいなくなると、テレージアが膝をついてユースディアの手を握る。

「よかったわ……本当に。あなた、出血が酷くて、危ない状況だったのよ」

「ええ」

国一番の回復魔法を使える医者を呼び、治療させたという。

「魔法は信じてなかったけれど、あなたを助けてくれたわ」

「アロイスが呪われているということも、信じてくれる？」

テレージアは唇を噛みしめ、目を伏せる。そして、ゆっくりと頷いた。

アロイスが事件について話すのと同時に、闇魔法にまつわる呪いについて説明したようだ。そこでやっと、信じる気になったらしい。

「ディアさん。あなたが、闇魔法使いであることも聞いたわ。ずっと、アロイスを助けるために、スクロールを作っていたことも」

テレージアは涙を流しながら、「ありがとう」と感謝の気持ちを口にする。

「ディアさん。元気になったら、ゆっくり話しましょう」

「そうね。お義母様の、ロマンス小説のコレクションも、見せていただくわ」

「ええ。オススメの本を、教えるから」

テレージアは部屋から去って行く。残ったアロイスは、今にも泣きそうな顔でユースディアを見つめていた。

「フェルマー卿の傷口には、闇魔法の魔法陣が刻まれていました。専門家に確認したところ、受けた傷をそのまま返す〝反転魔法〟だろうと」

「間違いないわ」

「あの男は、ディアに、酷い怪我を負わせていたのですね」

「ええ。でも、闇魔法を使って返してやったから」

大丈夫だと言っているのに、アロイスは辛《つら》そうなまま。早く元気になって、背中でもバン！　と叩かないといつもの彼にはならないのだろう。

説明せずとも、アロイスは事情を把握しているようだった。

かつて、闇魔法使いの使う反転魔法はもっとも恐れられていたという。そのため、闇魔法使いを攻撃するときは、手足を縛って行わなければならなかったらしい。

闇魔法について知っているようには思えないオスカーは、アロイスを呪った張本人ではなかった。

「フェルマー卿はどうなったの？」

「容態は安定しています」

オスカーはユースディアと同じように出血したが、ユースディアほど危険な状態にもならず、快方に向かっているらしい。ユースディアよりも体が大きいので、出血していても危機的状況には陥らなかったようだ。今は起き上がり、食事ももりもり食べているという。傷口もほぼ塞がっていると。

「ちょっと待って。傷口が塞がっているって、国王陛下の生誕祭から、何日経っているの？」

「三日です」

「三日⁉」

感覚的には、数時間昏睡状態だったのだろうと思っていた。思っていた以上に長く、意識を失っていたのだ。

「っていうか、あなた、国王陛下の生誕祭をすっぽかして、私を助けに来て大丈夫だったの？」

「ディア以上に、大事なものはありません」

「忠誠心ゼロの騎士なんて、誰も信用しないわよ。クビになったらどうするの⁉」

「私達のことを誰も知らない土地に行って、一緒に暮らします？　野菜を作ったり、森に木の実を採りに行ったり、湖で魚を釣ったり。楽しそうだと思いません？」

「それは――楽しそうだけれど！」

「でしょう？」

　現実逃避をしている場合ではなかった。

「あなた、どうしてあのタイミングで私を助けに来たの？」

「家令が、王宮までディアの手紙を届けてくれたのですよ」

「私、あなたが帰宅したら、手渡すようにと伝えていたのだけれど」

「ディアの侍女が、ディアの様子がおかしかったので私に伝えるよう、家令に訴えたようです」

「そう、だったのね」

　家令自身も、ユースディアの言動が引っかかっていたため、動いたのだという。

「王太子殿下は、私の呪いについてよくご存じだったので、許可してくださいました。それだけでなく、一小隊を率いて行くようにと、おっしゃってくださったのです」

　アロイスは迅速に行動し、ユースディアが手紙に書いていた場所へ駆けつけることができたのだという。

「無事とは言えなかったのですが、助けることができて、本当によかったなと」

　ここで初めて、アロイスは目を細める。微笑みというよりは、安堵したといった感じの表情であった。

　ユースディアはある疑問を、口にする。

「怒らないの？」

「なぜ？」

「だって私、あなたに相談せずに、明らかに怪しい呼びかけに応じたでしょう？」

「フェルマー卿に対して怒ってはいますが、ディアには怒っていません。こうして目覚めてくれたので、今は感謝の気持ちしかないですよ」

ただ、今回みたいな行動を繰り返すようであれば、怒るかもしれないと付け加えた。

ユースディアは今の気持ちを、ポツリと伝えた。

「助けに来てくれて、ありがとう……」

「ありがとうと、言わなければならないのは、私のほうですよ」

「でも、あなたが来てくれなかったら、死んでいたかもしれないわ」

黒衣の者達は、オスカーが雇った傭兵だったらしい。もしも、アロイスが駆けつけなかったら、ユースディアは危険な状況に陥っていただろう。

今回、ユースディアは無事だった。それを喜ぼうと、アロイスは言う。怒りをぶつける相手は、オスカーだけでいいと。

「フェルマー卿は現在、意識が明瞭なため取り調べを行っています」

しかし、何も喋らないという。もしかしたら魔法で封じられているのかもしれない。そう思ったが、宮廷魔法師が調べたところ、オスカーは魔法にかかっていなかった。

「数日続けて無言を貫くようであれば、私も取り調べに参加しようと思います。経験がないので上手くできるか、わかりませんが」

謙遜の言葉を口にしていたものの、瞳は怒りでメラメラ燃えているように見えた。

「まあ、ほどほどに」

最後に、アロイスより衝撃的な情報がもたらされた。

「事件が起きた日、義姉にも話を聞こうと離れにいったところ、姿を消していました」

「な、なんですって⁉」

リリィより、以前オスカーとフリーダが行動を共にしていたという話を聞いていた。その情報を頼りに、何か関与しているのではと思い、向かったところ発覚したようだ。

「もしかして、ヨハンも一緒にいなくなったの？」

「いえ、ヨハンは離れにいたので、保護しています。ディアのことを心配していたので、元気になったら会ってやってください」

「そう。よかったわ」

逃走に、子どもが邪魔になると思ったのだろう。現在、騎士隊が調査しているという。

「三日間、騎士隊の調査をかいくぐって、どこに隠れているのかしら」

「おそらく、どこかに彼女を匿《かくま》っている者がいるのでしょう」

姿を現すのも時間の問題だと、アロイスは予想していた。

「どうして、そう思うの？」

「ヨハンを、取り返しに来るはずです」

アロイスは淡々と語る。

フリーダがヨハンを取り返そうとするのは、愛情ゆえではない。ヨハンがいないと、目的を達成できないからだ。

彼女の目的は、単純明快。

アロイスが死んだら、公爵家の爵位や財産はヨハンのものとなる。

だが、それだけでは公爵家の財産はフリーダの手中に収まらない。

ヨハンはそろそろ物心が付くような年齢だ。とりあえずひとりで逃亡したのはいいものの、傍に置いていないと、そのうち言うことを聞かなくなると思ったのだろう。

その言い分に、ユースディアは首を傾げる。

「待って。フリーダの目的って、アロイス、あなたでしょう?」

「いいえ、私ではありません。公爵家の、財産です」

アロイスに言い寄っていた理由を考え——その可能性にゾッとしてしまった。

「私は、義姉が闇魔法使いであったのではと、推測しています」

離れを探ったが、それらしき証拠はいっさい見つからなかった。これまでも尻尾を摑ませなかった闇魔法使いである。証拠隠滅も完璧だったのだろう。しかし、フリーダが闇魔法使いであるなら、仲間であるオスカーを訪ねて、何らかの魔法を使って王宮へ忍び込むことも可能だろう。

「もしかして、あなたのことが好きだと言っていたのは、呪ったのが自分だとばれないようにするための工作、だったの?」

「その可能性が高いです。はじめは、闇魔法なんか使わずに私に言い寄っていたのでしょう」

けれど、鋼《はがね》の理性を持つアロイスは、フリーダになびかなかった。手に入れられない男なんて、必要ない。そう切って捨てたのだろうか。

結果フリーダはアロイスを呪い、ヨハンを利用して公爵家の財産を手に入れようとしている。

ゾッとするような計画だ。

「兄の死も、少々不可解な点があったのですが、もしかしたら——」

兄レオンも、フリーダが闇魔法で葬ったのだろうか。だとしたら、あまりにも恐ろしい、計画的で悪辣《あくらつ》な犯行だ。

「フリーダ……絶対に許さないわ」

震えるほどの怒りを覚えるユースディアを、アロイスが優しく抱きしめた。

「目覚めたばかりなのに、いろいろと話してしまってすみませんでした」

「いいわ。気になっていたことだったから」

「今日は、ゆっくり休んでください」

ユースディアはコクリと頷く。アロイスはゆっくりと、ユースディアを寝かせてくれた。

「おやすみなさい、ディア」

「おやすみ、アロイス」

事件は解決していない。フリーダを、探さなければ。

決意を胸に、ユースディアは瞼を閉じた。

それからしばし、ユースディアは療養する。

その間、ヨハンやリリィが見舞いに来てくれた。王女や姫からも、ユースディアを心配する手紙と見舞いの品が届いた。

フリーダの不在について、ヨハンには旅行だと伝えているらしい。以前から、黙って数日家を空けることがあったためにさほど気にしていないようだ。その辺は、ホッとしたと言うべきか。

罪もない子どもを悲しませてはいけない。これは、公爵家にいるすべての大人が思うことであった。

四日後——ユースディアは完全復活した。

王女には「しばらく安静にしております」という手紙を送り、フリーダ探しに集中する。

ひとまず、ひとりで動かないように言われているので、アロイスの帰宅を待つ。

彼もまた、フリーダを捜索するために、早めに仕事を切り上げてくるようだ。

「ただいま戻りました」

アロイスが笑顔で帰宅する。ユースディアの傍に寄り、頬に口づけする。ここ最近は、ずっとこの調子である。ユースディアは別に嫌ではなかったので、好きにさせておいた。

「今日、フェルマー卿の取り調べに参加したんです」

事件から一週間、オスカーは沈黙を続けていた。しかし、アロイスが取り調べを行った結果、フリーダとの関与を認めたのだという。

「どうやら、フェルマー卿と義姉は、兄と結婚する前から恋仲にあったようです」

「最低ね」

フリーダの計画ではレオンの子を産み、夫を殺して財産を手にしたあと、オスカーと結婚する気だったらしい。

事故は、闇魔法を使って起こしたものであった。車輪に魔法を仕掛け、月明かりの下に出たら発動されるようにしていた、と。月夜の晩に出かけたレオンは、馬車の事故に呑まれ、命を落とした。証拠となる馬車は、すでに処分してしまったらしい。

これで、フリーダは公爵家の財産のすべてを得ることができる。と、喜んでいたのもつかの間のこと。想定外の事態となる。

レオンは遺産相続人を息子であるヨハンではなく、弟であるアロイスにしていたのだ。爵位の継承も同じく。遺言状に書かれていたために、死後初めて公になったようだ。

フリーダはてっきり、レオンが死んだら何もかも手に入ると思い込んでいたらしい。

「ディアは、私が死んだあとに殺すつもりだったようです」

計画が早まったのは、探偵の出現がきっかけだった。

事件の三日前にユースディアが探偵と面会しているという情報を、フリーダの侍女が掴んでオスカーに連絡したという。

「フェルマー卿は私が探偵に依頼したと、勘違いしていたようね」

「本当に、申し訳なかったなと。私のせいで、ディアを危険にさらしました。探偵との接触は、避けるべきだったのかもしれません」

「でもまあ、こうしてフェルマー卿を捕まえられたわけだし」

ユースディアが闇魔法使いであるというのは、わざわざユースディアの家までフリーダと共に確認に行ったらしい。結界のせいで家に入れなかったが、展開されていた術式から、闇魔法使いであるという情報を得たという。

ちなみに、大ネズミの死骸や大量のミミズは、オスカーではなくフリーダが用意していた。オスカーは中身も知らずただ運んできただけだった。

しかもユースディアに渡す際、絶対にその場で開封させないようにと、厳命していたのだとか。

「この辺の情報は、私に同行した御者から買い取ったそうです」

そもそもユースディアが闇魔法使いであるのではと疑ったきっかけは、贈られた物を捨てずに自室に保管してると使用人から報告されたからのようだ。

ユースディアは自身の行動を、反省する。

主人の情報を売る使用人が、公爵家には数名紛れ込んでいたようだ。アロイスは、フリーダとオスカーの協力者を洗い出すために、ユースディアが作った自白ワインを使ったという。

結果、十名ほどの協力者がいたということが判明する。

「フェルマー卿の取り調べも、自白ワインを使ったほうが早かったですね。ものすごく、大変でした」

「どうやって吐き出させたのよ」

「内緒です」

とんでもなく恐ろしいことをしたのだろうが、詳しく聞く気にはならなかった。

「昨晩、その協力者達から、フェルマー卿を救出する計画についての情報を、手に入れました」

「それって、フリーダがフェルマー卿を助けに行くってこと？」

「いえ、おそらくですが、金で雇った者を派遣するのでしょう」

そこには、オスカーの救出以外の作戦も書かれていた。

「ヨハンを連れ出すという計画です」

「公爵邸に忍び込んで、誘拐させるってこと？」

「ええ」

作戦が実行される前に、把握できてよかった。ユースディアは心から安堵する。

「これを利用して、義姉を炙《あぶ》り出す計画が立てました。ディアにも、協力していただきたいのですが、よろしいでしょうか？」

「もちろんよ！」

フリーダの暗躍など、二度と許してはならない。捕まえて罪を償《つぐな》ってもらわなければ死したレオンの魂も安らかにならないだろう。

「作戦は、こちらの息がかかったフェルマー卿を一旦逃がし、公爵邸でヨハンに見立てたぬいぐるみを誘拐させます。そのあと、フリーダと落ち合ったところを捕まえる――というものです」

ユースディアの仕事は、フリーダへ死の呪いの解除を促す、というもの。

「闇魔法使いには、闇魔法使いを。基本ね」

「ええ」

「上手くいくかわからないけれど、やってみるわ」

「お願いします」

「ちなみに、フェルマー卿はどうやって味方にしたの？」

「脅しました」

アロイスはさわやかな微笑みで、物騒なことを口にする。ユースディアはこれ以上聞かないほうがいいと思い、「そう」とだけ言葉を返した。

計画の実行は二十一日後らしい。それまで警戒を怠《おこた》らず、打倒フリーダを目指す。

「しばらく休みをいただきました。可能な限り、ディアやヨハンと過ごしたいです」

「そうね」

アロイスの呪いが発動されるまで一ヶ月を切った。時間は残されていない。

もしも、というのは考えないようにする。でないと、あまりにも辛《つら》いことだから。

◇　◇　◇

公爵邸に、王女と姫が訪ねてきた。ユースディアを心配し、様子を見に来たようだ。

姫の侍女であるリリィも、一緒にやってきている。

「ディア様、お元気そうで、何よりです」

姫は瞳を潤ませながら、ユースディアの快方を喜んでいた。

「ディア、そなたがいないと、研究が滞ってならない。早く復帰しろ」

王女も王女なりに、心配していたようだ。もし迷惑に思っていたら、こうして訪ねてこないだろう。

「それにしても、申し訳なかった」

オスカーが起こした事件に、王女は心を痛めている様子だった。

「もっと私が周囲を気にして、誰が信用に足る人物か見極めておく必要があった」

王女はユースディアに頭を下げる。悪かった、と。

「王女様、お顔を上げてください」

「私の騎士だった。無関係とはとても言えない。完全な、監督不行届だろう」

オスカーは金を積んで王女の騎士となった。歴史ある家の娘であるフリーダと一緒になりたかったので、必死だったのだろう。

「私も、学術書欲しさに、奴を受け入れてしまった。恥ずべきことだろう」

ここで、姫が小首を傾げながら質問する。

「エリーゼ様、研究というのは？」

「薬草学だ。今、腰痛を治す軟膏湿布の治験が終わって販売先を探しているところなのだが」

誰に話しても、腰痛と無縁だと言われて契約を断られてしまったという。

「あの、王女殿下、どなたに売り込んだのですか？」

「リツア薬局と、ハルマーク薬堂のふたつだ」

ユースディアは額に手を当てて、はーっとため息をつく。

「な、なんだ、そのため息は!?」

「リツア薬局と、ハルマーク薬堂。どちらも貴族御用達の商店ですよ」

「そうだが？」

そこでの売れ筋は、睡眠覚醒剤である。夜遊びをした貴族が、翌日もシャッキリと活動できるよう促す薬だ。

「そのふたつは、売れ筋商品が一般的な薬局とはかけ離れております」

王女と一緒にポカンとしていた姫だったが、どうすればいいのか気づいたのだろう。

「エリーゼ様、貴族は腰痛になりませんわ。腰痛で苦しんでいるのは、労働者階級の方々かと」

「あ——ああ！　そうか！」

軟膏湿布は、労働者階級に向けて販売したら、飛ぶように売れるだろう。

ユースディアが森に住んでいたときにも、腰痛が酷いので薬が欲しいと訴える者は結構多かった。

「街にある薬局を中心に、営業してみるか」

「待ってください」

「なんだ？」

「営業は、王女殿下ではなく、他の者がしたほうがいいかと」

人には向き、不向きというものがある。王女は薬学において天才的な才能があるのかもしれないが、それを他の分野で期待してはいけない。

「私が作った物だ。責任を持って、見届けたい」

「王女殿下が直接訪問したら、薬局の者も驚いて、商品の本質を見ていただけないかと」

「むう……そうか。今一度、考えてみよう」

ここで、解散となる。賑やかな一行は、このあと街で人気の喫茶店に行くらしい。

平和なものだと思いつつ、ユースディアは見送ったのだった。


午後からは、ヨハンと過ごす。最近リリィが来ないので、寂しい思いをしているようだ。

母フリーダについて触れないのは、彼なりに気を使っているのか。六歳の子どもだというのに、酷く達観しているところがある。

今日はムクムクを描くため、画材がテーブルに広げられた。

モデルとなったムクムクは、木の実を持ったまま動かないよう命じられる。ヨハンは真剣な眼差しで、見るたびにポーズが変わるムクムクを描いていた。

「できました！」

「あら、上手じゃない」

「えへへ」

ユースディアは額装し、食堂に飾るよう侍女に命じておいた。

「夕食のとき、ヨハンの絵が飾られているから、アロイスもお義母様も驚くはずよ」

「楽しみです」

にっこり微笑むヨハンの頭を、ユースディアは優しく撫でる。どこか、寂しそうに見えたので、そのまま傍に引き寄せてぎゅっと抱きしめた。

「本当に、可愛い子」

フリーダはどうして、素直で可愛いヨハンに愛情をかけないのか。考えていると、だんだん腹立たしくなる。

「最近、ぼくは、幸せです」

「え？」

「お祖母様《ばあ》がいて、アロイス叔父さまがいて、ディア様がいて、たまに、リリィさまがやってきて——以前よりも、ぼくの周りは、ずっと賑やかになりました。こういう毎日が、続けばいいなと、思っています」

「ヨハン……」

彼の幸せな日常に、フリーダはいなかった。それでいい。

ユースディアはそう思いながら、ヨハンを抱きしめていた。

夕方になると、アロイスと茶を飲む時間となる。並んで座りつつ飲むのがお決まりだ。

砂糖をたっぷり入れた甘ったるいミルクティーを、ユースディアはちびちび飲む。疲れているからだろうか。普段ならば顔を顰《しか》めるレベルの甘さなのに、おいしく感じる。

窓から夕日が差し込み、一日が終わる色をユースディアはじっと眺めていた。

「ディア、今日は、王女殿下と姫様がいらっしゃったようですね」

「嵐と春が一気に訪れたようだったわ」

ユースディアの物言いに、アロイスは笑みを深めた。

現在、アロイスはフリーダについて調査しているという。すると、実家である伯爵家が闇魔法使いの系譜であることが明らかとなった。実家の地下からは、所持が禁じられている魔法書が大量に見つかったらしい。

「こういう事件があるから、闇魔法のイメージは悪くなるのよ」

「ええ。闇魔法について、皆が皆、知らないというのも大きいでしょうね」

ただの魔法使いにも、悪人は大勢いた。けれど、それに関しての認識は低いままだ。

「そもそも闇魔法、という名前がよくないのかもしれませんね」

「たしかに。闇の力があるから、魔法が使えるわけではないのに」

「月光術とか、そういう名前はいかがでしょう？」

「いいわね」

続けてアロイスは思いがけない提案をする。それは、闇魔法について理解を深めるサロンを開いたらどうか、というものであった。

「あなたね、自分の妻が闇魔法使いなんて、世間に知られたらとんでもないことになるわよ」

「私は、事件が解決したら、包み隠さず公表するつもりです。もちろん、ディアがよければ、ですけれど」

「本気？」

「もちろん。今後、ディアが闇魔法使いであることを隠して、居心地悪く生きるような世の中であってはいけないと考えています」

「アロイス……」

闇魔法が正しく理解される世の中にする。そんな動きは、これまでの歴史において一度もなかった。理解してもらうためには、かなりの労力がかかるだろう。

「まあ、その前に、呪いを解かなければいけないのですが」

「そうね」

もうすぐ、アロイスの呪いが発動される。フリーダの工作で半年後に命が奪われるという構造になっていたそれのせいで、アロイスは苦しみ続けてきた。絶対に、許せるものではない。

「つい先日、遺言書を、用意しました」

「なんでよ」

「何があるかわからない世の中ですので」

通常であれば、爵位を継ぐのと同時に用意するらしい。アロイスはバタバタするあまり、作成が遅くなってしまったようだ。

「王太子殿下にお願いして、公爵家の爵位はディアが継ぐようにお願いしました」

「は？」

「後見人は、国王陛下です」

「ちょっと待って！　どうしてそういうことになっているのよ！　何もかも、ありえないわ！」

全財産は欲しいが、爵位はいらない。そう主張しても、遺言書は受理されてしまったと。

「心配しないでください。執務関係は困らないよう、信用している従兄《いとこ》に頼んでいますから。ディアが公爵になったさいには、ふんぞり返って贅沢な暮らしをすればいいだけになっています」

「至れり尽くせりじゃない！　いやいや、そうじゃなくて！」

そんなものは望んでいない。ほんのちょっと、遊んで暮らせるほどの金が欲しかっただけだ。

「もう、今となっては、意味がないものなのよ」

「意味がない、とは？」

アロイスは首を傾げる。隙だらけの頬を引っ叩《ぱた》きたくなったが、奥歯をギリッと嚙みしめて耐えた。

「この家に、あなたがいないと、意味がないの！　それだけ！」

もしも、アロイスが死んだら、ユースディアは何もかも放棄して家を出て行くつもりだ。

しばらく、ヨハンやテレージアを励ますために残るかもしれないが、それでも、長居はしないと決めている。

ユースディアがここにいる理由はただひとつ。アロイスがいるからだ。

今日は少しだけ想いを伝えてみようと思い、素直な気持ちを口にしてみた。アロイスはハッと目を見開き、確認するように問いかける。

「ディア、それは、本当ですか？」

「私がこれまで、あなたに嘘を吐いたことがあった？」

「ないです。一度も、ない」

アロイスはユースディアのほうを向いて、頬にそっと触れる。

頬に触れた指先が熱いせいで、顔が火照ってしまうのだろう。ユースディアはそう思うようにしていた。

「必要としていただけるなんて、嬉しいです」

「あなたなんて、必要としている人だらけよ」

「そんなこと――」

「あるから」

ユースディアはアロイスのことを、発言のどこまでが本気かわからない、胡散くさい男だと思っていた。

けれど、本当の彼は、孤独で、自らを見てもらえずに苦しみ、誰にも期待しないで生きることを決めた寂しそうな男性《ひと》だった。

それも、ユースディアに出会ってから、変わったという。少しずつ、周囲に自分の中身を示していった。他人に甘えることも覚えたら、人生がずっと楽になったという。すべては、ユースディアのおかげだとも。

「ディア、呪いが解けても、私の妻でいてくれますか？」

まっすぐな目で、乞われる。こんな熱い眼差しでユースディアを見つめるのは、アロイスしかいないだろう。

「あなたが、望むのであれば」

アロイスは囁くような小さな声で、「誓いを」と耳元で囁いた。

ユースディアは瞼を閉じる。

ふたりの中で交わされた誓いは、唇によって封じられた。

約束は永遠のものとなる。

◇◇◇

ついに、フリーダ捕獲作戦の実行日となった。ヨハンは使用人に扮した騎士隊の者が囲み、厳重な警備をしている。とうの本人はもちろん仰々しい護衛に気づいておらず、「今日は知らないお顔の使用人が多いですね」などと話していた。

テレージアは今日一日、ヨハンと離れるつもりはないという。

ユースディアは出勤準備をするアロイスのもとを訪ねる。

「ディア、おはようございます」

着替えをしている最中だったようだが、笑顔で迎えてくれた。窓から太陽の光が差し込み、アロイスの美貌はこれでもかとばかりに輝く。

ユースディアは従僕から、最後に巻こうとしていたアスコット・タイを受け取る。目線で「私がやる」と伝えると、従僕は一礼して部屋から去って行った。

扉が閉まり、足音が遠ざかっているのを確認すると、傍にある一人掛けの椅子に座るようアロイスに命じた。ユースディアは上から見下ろしながら、タイを結んであげる。

「ありがとうございます」

アロイスの顔を覗き込んだが、緊張している様子は感じられない。いつも通りの彼である。ユースディアは羨ましく思ってしまった。

「アロイス。今日で、最後にするわよ」

「もちろん、そのつもりです」

フリーダが指示するオスカー救出作戦は、太陽が沈んだあとに決行される予定だ。まだ、今日という日は始まったばかり。長い一日になりそうだ。

ユースディアは胸元から、スクロールを取り出す。最後の一枚だと思って、昨晩作っていたのだ。

「なんだか、すてきな場所から出てきましたね」

「仕方がないでしょう？　ドレスって、ポケットがないのよ」

こういうとき、魔女の黒衣だったら……などと考えてしまう。

アロイスは受け取ったスクロールの匂いをかいでいた。

「インクと、ディアの匂いがします」

「ちょっと！　そういうの、止《や》めて！」

取り上げようと手を伸ばしたが、空振りする。

「ディア、私はこれがないと、大変なんです」

「あなたが変なことをするからよ！」

胸元に収納せず、そのまま手で持ってくればよかったと後悔する。

「なんだか、使うのがもったいないないですね」

「しようもないことを言っていないで、呪いが発動したら使いなさいよ！」

アロイスは笑顔を返すばかりであった。用事は済んだので、部屋に帰ろう。踵を返そうとした瞬間、アロイスはユースディアを呼び止める。

「ディア」

「何よ——きゃあ！」

アロイスは突然、ユースディアの腰を引き寄せて膝の上に座らせる。ぬいぐるみを抱くようにぎゅっと抱きしめられ、首筋に唇が押し当てられた。

悲鳴をあげそうになったが、寸前で呑み込む。こういう日に限って、襟ぐりが開いた服を選んでしまうのだ。当然、ユースディアは抗議する。

「ちょっ、こういうことをするために、来たんじゃないわよ」

「違ったのですか？」

「違うわよ！　スクロールを、渡しに来ただけ！」

ズボンや上着に皺ができると訴えても、気にしないと返されてしまった。

「私が気にするのよ」

膝から退《ど》こうとしたが、アロイスは離そうとしない。

「ディア、しばらく、このままで」

今日は、大変な一日になるだろう。だから、アロイスはこうやって気分を鎮めているのかもしれない。ユースディアはまったく、気が鎮まらなかったが。

吐息がかかるほど近い距離感に、ドギマギしてしまう。だが、アロイスに動揺を悟られたくないユースディアは、じっと我慢した。

胸がどくん、どくんと鼓動する。どうか、アロイスに聞こえていませんようにと心の中で祈った。

五分後、やっと解放してくれる。

「すみません。今日一日分のディアを摂取しておりました」

「そういうことだろうと思っていたわ」

アロイスは朝から、気力を大いに削《そ》いでくれた。けれどそれも、アロイスが頑張るため。必要な犠牲だったのだろう。

椅子に腰掛けたまま、アロイスは曇りのない笑顔を見せる。そして、とんでもないことを口にしたのだ。

「ユースディア、私はあなたを、心から愛しております」

全身が沸騰するかと思った。それくらいの、ありえない熱量が籠もった言葉だったのだ。

突然の告白に、ユースディアはその場に座り込む。アロイスは立ち上がり、ユースディアを支えてくれた。

「ディア、大丈夫ですか？」

「大丈夫なわけないでしょうが！」

朝から特大の衝撃を投下してくれた。立ち上がろうと思っても、力が入らない。

「なんで、今言うの⁉」

「美しい薔薇庭園とか、星空の下とか、そういうロマンチックなところがよかったのですか？」

「そういうのは望んでいないけれど、朝の忙しい時間に、サラッと言う言葉ではないでしょう？」

「サラッと、愛をお伝えしたかったのです。いつ、失ってしまうかもわからない、命ですので」

言い終えてから、しばし視線を宙に浮かせ「いや、違うな」と独りごちる。

「命はいつ失うかわからないので、愛の言葉をもって、あなたをここに引き留めたいと思ったのかもしれません」

愛は鎖なのだろう。ユースディアは身をもって痛感する。

「私が死んだら、ディアには盛大な未練を残していただきたいなと」

「怖いことを言わないで」

「怖いというのは、私が死ぬことですか？　それとも、未練についてですか？」

「どっちもよ！」

呪いが発動するまでの期間が迫り、アロイスは感傷的になっているのだろう。どこか、発言がいつもより後ろ向きだ。

「あなたは死なない。死なせはしない。絶対よ！」

「ええ」

「死を口にするのも、禁止！」

「はい」

「それから――」

言う前に、口を唇で塞がれてしまった。

火山のように沸騰していた思考は一瞬で消え、美しい花々が咲き誇る春のようになってしまう。

本当に、危険な男だ。

ユースディアはアロイスについて、改めて思ったのだった。

◇◇◇

夕方まで、ユースディアは家族と過ごした。

ヨハンやテレージアと一緒に庭を散策して薬草を摘み、午後からは薬草クッキーを作った。

おやつの時間が過ぎたあとは、絵本を読んでヨハンを昼寝させる。

そのあとは、テレージアとロマンス小説について語り倒した。

楽しい時間だった。あっという間に過ぎていく。

太陽は沈み、夜となった。

ヨハンはテレージアの部屋で休む。いつも使っている寝所には、ヨハンと同じ大きさのぬいぐるみが横たわっていた。

そこにヨハンがいるかのように、ユースディアはぬいぐるみに語りかけた。

「ヨハン、おやすみなさい。いい夢を」

今宵は満月。月光が、窓から部屋に差し込む。明るい夜だった。

フリーダは闇魔法使いの安息日を、作戦実行の日に選んだようだ。

ふーっと、深く息を吐き出す。落ち着け、落ち着けと自らに言い聞かせたが、いっこうに落ち着かない。

アロイスは帰宅していない。今頃、フリーダの手の者に救出されたオスカーを尾行しているはずだ。当然、オスカーは信用していない。

裏切り防止のためにいくつかの闇魔法をかけてある。もしもこちら側の作戦について密告したら、喉が焼き切れるという呪いに近い魔法である。作戦を成功に導くためだ。その辺、ぬかりはない。

窓の近くに、人の気配を感じた。ユースディアは気づかぬ振りをして、部屋を出る。

ついに、作戦が始まろうとしていた。ユースディアはドレスを脱ぎ、沼池の魔女の黒衣を纏った。

ガラスの割れる音が鳴り響く。すぐに、侍女が駆けつけた。

事情を知らない侍女が、絶叫する。

「ヨハン坊ちゃまが！　ヨハン坊ちゃまが誰かに、連れて行かれました！」

想定していたよりも、派手な始まりである。予定では、一時間に一度の見回りのときに気づく予定だったが。

オスカーはぬいぐるみのヨハンをシーツに包み、飛び出していったようだ。

ユースディアは外に飛び出し、オスカーのあとを追う。

厩番《うまやばん》に馬を用意させ、跨がった。

庭には騎士が大勢配置されている。庭師に扮した騎士に、オスカーがどちらへ向かったか尋ねた。

「屋敷の裏口から、夜市《よるいち》のほうへ向かう通りに向かっていきました」

「ありがとう」

これも、作戦通りである。夜市は深夜まで人でごった返している。人込みに紛れて、逃げるつもりなのだろう。

落ち合う先は、人が集まる時計塔広場。貴族御用達の劇場があり、夜公演《ソワレ》が終わったあとはたくさんの人で溢れる。それを狙っているのだ。

途中途中で、潜伏している騎士隊の者達が、ユースディアを誘導してくれる。アロイスは、オスカーにつかず離れずの距離でいるらしい。

馬から下りて、夜市へ足を踏み入れた。

異国の珍しい料理を売る店には、長蛇の列ができていた。嬉しそうに、串焼き肉を頬張る男女の姿もある。夜市は若者のデートスポットらしい。

色鮮やかな飴や、虹色のわたあめなど、子どもが喜びそうな食べ物も売られていた。早い時間であれば、ヨハンを連れて来てもいいかもしれない。そんなことを考えつつ、人と人の間を縫うように進んでいった。

やっとのことで、時計塔広場にたどり着く。すぐに変装した騎士が接近し、ある方向を指し示した。そこには、大きなシーツの包みを抱いたオスカーの姿がある。キョロキョロと、周囲を見回しているようだった。

その背後に、アロイスらしき男性の姿がある。目立たない灰色の外套を纏い、頭巾を深く被っている。完全に、周囲の景色に溶け込んでいた。

時計塔の鐘が鳴る。同時に、夜公演を見終えた客が、劇場から出てくる。

一瞬にして、時計塔広場は荒波のような人込みの中に呑み込まれた。オスカーの姿も、どこにあるのかわからなくなる。

「――来ました」

いつの間にか傍にいた女性騎士が、ユースディアの耳元で囁いた。

ついに、フリーダがオスカーに接触したようだ。

今、どういう状況なのか。人が途切れることなく行き交っているので、様子はいっさいわからない。接近も、難しいだろう。急流の川を、横切るようなものだから。

人が通り過ぎたあと、ようやくユースディアにも状況が見えた。

オスカーは変装した騎士達に取り押さえられ、フリーダはアロイスが腕を掴んでいた。

ようやく、終わる。

周囲にいた騎士と共に、アロイスのもとへと向かった。

フリーダが、何かを叫んでいる。誰かに、助けを求めているようだった。

「異端審問局、見なさい！　あたしを陥れた、闇魔法使いがやってきたよ！」

フリーダはユースディアを指差し、叫んだ。

異端審問局――かつては闇魔法使いを取り締まる組織だったが、現在は教会を拠点とし、宗教関係や魔法信仰を行う集団を取り締まる任に就いている。

昔のように、闇魔法使いだからといって拘束されることはない。しかし、それでも魔法使いにとっては今でも恐ろしいと思う一団である。

フリーダの呼びかけに応えるように、異端審問局の黒い制服を纏った者達がゾロゾロと出てきた。

「あの女、ディアは、アロイスに死の呪いをかけた闇魔法使いなんだ！」

「それは、これから調査しなければならない」

古《いにしえ》の時代から行われてきた、闇魔法使いか否か見分ける審判を行うという。

「それってもしかして、水に一時間以上顔を浸けて、生きていたら闇魔法使い。死んでいたら闇魔法使いではないっていう、馬鹿げた方法で行う調査のこと？」

「そうだ」

異端審問局の局員がユースディアに手を伸ばした。もちろん、簡単に捕まるつもりはない。ひらりと躱《かわ》し、アロイスのもとへと駆け寄った。

「あなたは、何を言っているのですか!?　私は、ディアに会う前から、呪われていました」

「闇魔法使いであることは、否定しないんだね？」

「別に、悪いことはしていないので」

フリーダは嬉しそうに高笑いし、異端審問局を振り返って叫んだ。

「聞いた？　彼女、闇魔法使いですって！　一緒に、アロイスも取り調べたらいい！」

異端審問局が動く。騎士隊も応じたが、数が多い。

傭兵を数名雇っているだろうと想像していたが、異端審問局が中隊を率いて来ていたのだ。小隊で構成された騎士隊では、応戦できない。

異端審問局が襲いかかってくる。アロイスはフリーダから手を離し、ユースディアを守るように背中に隠し、剣を引き抜いた。

フリーダはオスカーのほうへ駆け寄る。オスカーもまた、異端審問局によって救出されていた。

ふたりの間にある愛は本物だったのか。そう思ったが——違った。

「ちょっと‼　これ、ぬいぐるみじゃない‼」

フリーダの目的はオスカーではなく、ヨハンだったようだ。作戦を遂行できなかったオスカーを、フリーダは詰《なじ》る。

「バカじゃないの？　どうして、ぬいぐるみなんか——まさか、あんた、あたしを裏切ったっていうの⁉」

オスカーには闇魔法がかかっている。そのため、言い訳すらできない。

「もう、いい。逃げるよ！」

このままでは、フリーダに逃げられてしまう。

どうすればいいのか。そう思った瞬間、軍靴《ぐんか》が石畳を駆ける音と、凛とした声が聞こえた。

「全軍、市民を避難させ、フリーダとフェルマー卿、それから騎士隊の活動を阻む異端審問局を捕らえよ‼」

王女が、親衛隊を率いてやってきた。きっと、アロイスが王女にも協力を要請していたのだろう。

「王女殿下……！」

一瞬、王女と目が合う。大丈夫だと、微笑みを浮かべていたような気がした。

あっという間に、異端審問局は捕らえられ、広場から姿を消した。

残ったのは、騎士隊に囲まれたフリーダとオスカーのみ。

「なんてことを、してくれたんだよ！」

「フリーダ、それはこちらの台詞《せりふ》よ」

ギッと、フリーダはユースディアを睨む。

「あんたのせいで、計画が台無しだよ！　この、呪いも解けない出来損ないの闇魔法使いが！」

「は？」

「自分は闇魔法使いだと名乗って、アロイスの気を引いたんだろう？　あんたの姑息な手口なんて、わかっているんだから！」

「いやいや、待って。出来損ないって、あなた、私がいた森まで行って調べてきたんでしょう？　結界を確認したって、話を聞いたわ」

「結界は闇魔法で間違いなかったけれど、百年前に展開されたものだった。あんたはただ、森の奥地に住む、出来損ないの闇魔法使いだったのよ。ネズミやら何やら大事に取っていたから心得はあるようだけどね」

まさか、そんな扱いをされていたとは。ユースディアは額を押さえ、「はー」とため息をつく。

「出来損ないの闇魔法使いに、呪いの罪をなすりつけるなんて、最低ね」

「当たり前だよ！　あたしが先に目をつけた男を、あんたが横取りするから！」

フリーダは「ヨハンさえいれば……！」と悔しそうにしていた。

「ねえ、フリーダ。あなたの目的は、公爵家の財産だったの？」

「当たり前だ！　でも、こういう状況になっちまって、計画も破綻してしまった。あんたのせいでね！」

フリーダはそう叫んだ瞬間、突然魔法を展開させる。

魔法陣を見て、ユースディアはハッとなった。

「あれは、〝両想いの杭〟!?」

愛する者に向かって、胸から杭が突き出し、互いの心臓を打ち破るという闇魔法である。

魔法が発動する鍵は、愛だ。相手への愛が杭となって胸から突き出て、相手に死をもたらす。とんでもない闇魔法である。

「ふたりとも、纏めて死にな‼」

「もう、いい加減にして」

ユースディアは手ぶらでやってきたわけではなかった。スクロールを取り出し、破って魔法を発動させる。

それは、〝反転魔法〟だ。

フリーダが発動させた〝両想いの杭〟をそのまま返す。

「ぎゃあああああああ!!!!」

フリーダは悲鳴をあげる。オスカーの胸から出た杭が、心臓を突き破ったのだ。

一方で、フリーダの胸から杭は出ていない。

「フリーダ……！　嘘だろう？　俺を、愛していなかったのか？」

「あ、当たり前、でしょう？」

「俺は、財産だけでなく、人生も捧げてきたのに……！」

フリーダは血を吐き、にやりと笑いながら言葉を返した。

「あんたは、いい、金蔓《かねづる》、だったわ！」

フリーダは息も絶え絶えに言葉を続ける。

「あたしは、これから、贅沢な暮らしを、するの。見目のいい男を侍らせて、誰もが、羨む――」

そのまま、フリーダは誰からも支えられることなく倒れた。騎士隊の隊員が駆け寄るも、息絶えているという。

「愛は、一方的な想いや、お金では、絶対に、手に、入らないの。フリーダ、本当バカね」

やはり、ユースディアとフリーダは似ている存在だったのだ。

ただ、ユースディアは途中で気づいた。金で、何もかも手に入るわけではないと。

「可哀想な人」

自分もこうなっていたかもしれないのだ。ユースディアは体をぶるりと震わせる。

「ディア……」

「アロイス。そういえば、呪いは⁉」

アロイスの額に、黒い魔法陣が浮かび上がり、弾けて消えた。

ユースディアは目を眇めてアロイスを見る。呪いの靄が、なくなっていた。

「ねえ、呪いが‼」

「消えた……？」

フリーダが死に、アロイスは呪いから解放された。

〝人を呪わば穴ふたつ〟という異国の言葉がある。フリーダはまさしく、その通りの結末を迎えてしまったようだ。

フリーダの死をもって、事件は解決する。

後味の悪い最期《さいご》だった。始まりが殺意ある感情からだったので、仕方がない。

ユースディアはそう思いながら、フリーダの亡骸《なきがら》に背中を向けた。

◇◇◇

時計塔広場で起こった事件は、大々的に報じられた。

アロイスの愛を得るために、悪い闇魔法使いと善い闇魔法使いの戦いが繰り広げられていたと、新聞の一面にでかでかと載っていた。

事件の経緯が、かなり詳細に書かれている。

闇魔法の正しい知識を広めるために、アロイスが取材に応じたのだ。

新聞には、ユースディアの表沙汰になっていなかった献身も、少々誇張されつつ書かれていた。そのおかげか、闇魔法使いであるというのに、差別的な目で見られることはなかった。それどころか、ロマンス小説のようだと賞賛の声が集まっているという。

事実、アロイスはロマンス小説のヒーローのように美しい上に心優しく、勇敢だった。しばらく事件の後始末で奔走していたようだが、一ヶ月も経てば落ち着くだろう。

だが、すべての問題が解決したわけではない。

死んでしまったフリーダについて、ヨハンにどう説明すべきか。公爵家の面々は頭を悩ませる。母親の死は、ヨハンの心に影を落とすだろう。今、真実を伝えるべきではないと強く主張しているのは、テレージアであった。

逆に、本当のことを伝えるべきであると主張するのはアロイス。

ユースディアはふたりの主張の間に挟まれてしまった。

じっくり話し合った結果、フリーダの死のみを伝えることとなった。

新聞でフリーダの実名は報道されていない。きっと、ヨハンが母親の罪について知ることは永遠にないだろう。

アロイスがフリーダの死を告げたところ、ヨハンは静かに涙した。

ユースディアは小さく震えるヨハンの体を、ぎゅっと抱きしめる。

フリーダのように、ヨハンを孤独にさせない。どうか、彼の人生に光が満ちていますように。

闇の中で生きるユースディアであったが、このときばかりは光を願ってしまった。

その後、ヨハンはテレージアの養子となり、アロイスの弟となる。

これまで通り、公爵家の面々が溺愛したのは言うまでもない。

◇◇◇

アロイスとユースディアの中にあった契約のひとつは、呪いが解かれたのと同時に終了となった。

それは、アロイスが死んだら、ユースディアに財産が転がり込んでくるというものである。

そのあとにアロイスが勝手に作った遺言書ごと、破棄したのだ。

ユースディアの立ち会いのもと、新たな遺言書が作られる。それは、アロイスが死んだあと爵位継承権の第一位はヨハン、第二位はアロイスの子ども、第三位は叔父というもの。

ユースディアはアロイスが座る椅子の肘置きに腰掛け、書いた遺言書を確認し、大丈夫だと頷いた。その瞬間、アロイスはユースディアを引き寄せ、膝の上に座らせる。

ユースディアは抵抗せず、その状態を受け入れつつ話を続ける。

すよね」


「血の契約は、まあ、そのままでいいわね」

アロイスがユースディアに誓ったのは、「あなたを、絶対に裏切りません」というもの。

「こんなこともあろうかと、ディアに触れませんとか、愛しませんという内容は入れなかったんで
すよね」

「あのとき、そこまで目論んでいたのは怖いとしか言いようがないわ」

ここでふと気づく。将来、アロイスが愛人を迎えた瞬間、息絶えてしまうのでは、と。血の契約
とは、そういうものだ。契約から外れた行動を取ると、途端に命を刈り取る。

「あなた、この先私なんかを正式な妻として置いといたら、愛人を作れないわよ」

「なぜ、ディアがいるのに、愛人を迎える必要があるのですか?」

「だって、男は浮気をする生き物でしょう?」

「そういう愚かな個体が多いだけでは?」

「あなたは、違うと?」

アロイスは深々と頷く。自分を浮気する男の仲間に加えないでほしいと、切実に訴えていた。

そしてユースディアを抱き上げて立ち上がった。長椅子のほうへと移動し、ゆっくりと下ろす。

アロイス自身も、隣に座った。

見つめ合う状態となり、アロイスは真剣に思いの丈をぶつけてくる。

「私が欲しいのは、今も昔も、あなたひとりだけです。ディアのほうこそ、他の男性を好きになっ
たときは――」

「ときは?」

アロイスは笑顔だが、底知れぬ圧を感じた。じわりと、額に汗が滲む。蛇に睨まれた蛙状態と言えばいいのか。

「私以外の男性に気が向かないよう、寝室に閉じ込めてしまうかもしれません」

「怖いから、そういう状態になったら、いっそのこと殺してちょうだい」

「私に、ディアが殺せるわけがないでしょう」

背筋が凍る思いをこれでもかというほど味わったので、この話は止《や》めよう。ユースディアは提案する。

「では、何をお話ししましょう」

「これからのこと?」

「そうですね。具体的には、遺言書に書いた、爵位の継承権第二位の人物について、お話ししたいですね」

「継承権第二位って、子どものこと?」

「はい」

満面の笑みを浮かべ、アロイスは頷いた。

「言っておくけれど、私が子どもを産める体かどうか、わからないわよ」

「私だって同じです。子種がないかもしれない。あまり知られておりませんが、子どもができない原因は、男女ともにあるのですよ」

「そうなのね」

「だから、もしも子どもができなくても、諦めずに生涯の目標とすべきなんです」

「ちょっと、ワケがわからないことを言っているわよ」

「ずっと我慢していたんです。ワケがわからないことのひとつやふたつ、言ってしまうのは不思議でもなんでもありません」

アロイスはこれまで、紳士だった。キスだって、誓いのとき以外はしていない。

きっと、自分の感情は後回しにして、ユースディアを大事にしてくれていたのだろう。

呪いは解けた。事件も、解決した。拒絶する理由は、ひとつもない。

これからは、アロイスの気持ちに応えるべきなのだろう。

だって、ユースディアも同じ気持ちなのだから。

「あなた、本当に、私でいいの？　呪いが解けて喜ぶあまり、視野が狭くなっているんじゃない？」

「ディアがいいのですよ。あなた以外、私の妻となる女性はこの世に存在しないのです」

アロイスの熱すぎる視線を受けながら、どうしてここまで気に入られてしまったのか考える。

生活費を焼いて、アロイスを助けたことがきっかけだった。あのとき、沼池の魔女らしく彼を放っていたら、今の運命はまったく異なるものになっていたに違いない。

アロイスの手を取っていなかったユースディアは、きっと今頃森の住み処で、何度も読んだロマンス小説しか楽しみがない生活を送っていただろう。

それもいい。けれど、アロイスがいる人生は、もっといいもののように思えてならない。

じっと見つめるアロイスの瞳に、不安が過《よ》ぎったような気がした。ユースティアは仕方がないとばかりに、素直な気持ちを口にする。

「私、あなたのこと、嫌いじゃないわ」

「それって、けっこう好き、という意味ですか?」

「どこをどう聞いたら、そうなるのよ」

「かなり前向きなんです」

「本当に?」

自分の中にある感情は、他人から見たらまったく見えない。察してくれなどというのは、愚の骨頂である。だから、自らの発言を修正した。

「嫌いじゃない、というのは間違いだったわ」

膝にあったアロイスの手をぎゅっと握り、耳元で囁いた。

「アロイスが、大好き」

アロイスは瞠目《どうもく》したのちに、幸せそうに目を細める。その表情を見ていたら、ユースティアまで心が満たされた。

永遠の愛を誓い、愛ある口づけを交わす。

それから、ユースティアは闇魔法をよい方向へと導く活動に情熱を注いだ。

闇魔法を月光術という名に変え、血肉を対価としない魔法のみを、弟子に伝えていった。

それ以外では、王女の薬学の研究を助け、多くの命を救う薬を開発した。

王女は生涯独身だったものの、その研究により多くの命を救った。のちに、〃国民の母〃とまで呼ばれるようになる。

ユースディアとテレージアとの関係も良好だった。

ユースディアの勧めでテレージアは自分でもロマンス小説を書くようになり、五十五歳でデビューを果たす。初版三千部から始まった本は、百万部のヒットとなった。

今では複数の出版社から本を出す、売れっ子ロマンス小説作家となっている。

アマーリエ姫は王太子に輿入れし、王太子妃となった。相変わらず社交は苦手だが、苦手なりに頑張っている模様。

リリィはそんな王太子妃を、陰ながら支えていた。

オスカーは罪を償い、釈放されたあとは——驚くべきことに、王女の親衛隊へ戻った。

王女自ら、復職するように命じたのだ。

オスカーは騎士として、真面目に働くようになる。

彼は、救われたのだ。

夫婦は結婚三年目の春に、子どもに恵まれる。

アロイス似の美貌を持って生まれた女の子であった。

ユースディアに似て皮肉屋なところもあったが、根は素直で公爵家の面々に愛される。

ヨハンは初めての従妹《いとこ》にメロメロになり、次第に愛するようになった。

そんなふたりが婚約を交わし、幸せな中で結婚したというのは、また別のお話。

ユースディアとアロイスは喧嘩することもあったが、仲直りは比較的早い。
いつも、いつまでも仲睦まじい夫婦として、社交界で名を馳せていた。
そんなわけで、アロイスとユースディアの物語は、ハッピーエンドで終わるのだった。

## 番外編　アロイスの独り言

連日にも及ぶ発作の原因は、〝呪い〟である。余命半年で、解呪の方法はない。

そう耳にしたとき、「そうか」という感想しか抱かなかった。

幼少期から他人に期待しないようにと厳しく教育された結果、自分の人生にすら期待をしていなかったのかもしれない。

人は、いつか死ぬ。それは、いつになるかわからない。

呪いで死の訪れがあらかじめわかるのならば、考えようによってはいいことなのかもしれない。

限られた人生を、どう生きるか。考えるも、別にやりたいことなどなかった。

仕事に打ち込むばかりの、つまらない生き方をしてきた結果だろう。

呪いを解く方法を、調べてみようか。

そう思い立ち、地下にある魔法書を開いてみた。しかし、古代語で書かれていて、少しも読めない。魔法使いでないと、無理だろう。

国王に仕える魔法師達には、呪いの解除は無理だと言われた。他を当たらないといけない。しかし、魔法使いの知り合いなんていなかった。

と、ここで幼い日の記憶が甦る。乳母が、子守唄代わりに語ってくれた〝魔女〟の話を。

地図にない村を北方に進むと、鬱蒼とした森がある。そこに、訪れた者の願いを叶える魔女が住んでいる、と。

魔女ならば、この呪いを解いてくれるかもしれない。

迷うことなく、旅立ちを決意する。

幸いにも、名前のない村の位置は把握していた。堰堤を作るために、地図に載っていない村を取り壊すという話を耳にしていたから。

乳母が話していた場所とも、偶然一致する。間違いないだろうと思い、旅立った。

馬車に揺られながら、魔女について思いを馳せる。

魔女はかつて、悪の象徴として恐れられていた。しかしそれは間違いで、彼女達も人である。礼儀をわきまえ、尊敬の念を抱いて接すれば敵に回ることはない。

森に住む魔女は、いったいどんな人なのか。まったく想像がつかなかった。

やっとのことで、目的地である村にたどり着く。

村の跡地には、工事関係の者達が大勢いた。そこで、魔女について話を聞く。

なんでも村人達を救い続けていた魔女は、善き存在らしい。

御者と従者を村の跡地に置き去りにして、魔女が住む森へ進んでいく。

鬱蒼とした森は、昼間であるにもかかわらず暗い。

道に迷ったら、トネリコの樹のあるほうに進むといい。そんなことも聞いていた。

本当に、いるかもわからない魔女を探す。それは、子どもの頃に読んだ冒険小説のようだった。思いがけず、心が躍っている。このような童心が残っていたとは、我がことながら意外であった。森を歩くこと三時間ほど。やっと、魔女の住み処らしい家を発見した。

相当年季の入った、二階建ての家である。人の気配があった。魔女だろうか。

ドキドキと、胸が高鳴る。

そっと接近し、木々の間から覗き込む。そこには、外套を纏った魔女が、野草摘みをしていた。頭巾を深く被っているので、顔は見えない。機敏な動きで、野草を引き抜いていた。

その姿はまさに、童話に出てくるような魔女の姿である。

「――誰？」

どうやら、見つかってしまったようだ。

老婆かと思っていたが、魔女の声は落ち着いた艶のあるものであった。

覚悟を決め、魔女の前に姿を現す。

当然と言えばいいのか。酷く警戒された。それも無理のないことだろう。村の者ではない男が、訪ねてやってきたのだから。

敬意を込めて、「魔法使い様」と呼びかける。「魔女殿」と迷ったが、とくに修正されなかった。「魔法使い様」で問題ないのだろう。

呪いについて説明したものの、やはり、難しいと言われてしまった。

だが、交渉は断られてからが本番。食い下がってみせた。

すると、魔法使いは条件としてある金額を口にした。

おそらくであるが、こんな若造には払えないと想定して提示したのだろう。しかしこれくらいであれば、私財で賄《まかな》える。

そう答えると、魔法使いの瞳がキラリと輝いた。

聞いてもいないのに、金の価値や素晴らしさについて語り始める。

先ほどまでは警戒の滲む低い声だったのに、金の話になると嬉々とし始めた。

頼る者もおらず、独り暮らしていた彼女にとって、金は何にも代えがたい信頼の形なのだろう。

あまりピンとこなかったが、そういう価値観もあるのだと思いながら話を聞く。

魔法使いは独特の感性を持ち、不思議な雰囲気を纏う女性だった。

もっと、話をしてみたい。そう望んだ瞬間に、発作に襲われた。

息苦しくなり、全身に激痛が這い回る。

これが始まると、一時間は治まらない。そのまま膝から力が抜けてしゃがみ込む。

見苦しい姿を、見られてしまった。

また一時間後に、話をしたい。そんな要望すら、口にする余裕はなかった。

視界がかすむ中――魔法使いは思いがけない行動に出た。

懐にしまい込んでいた紙幣を取り出し、ビリビリにして破いたのだ。

紙幣は燃えて炭と化し、代わりに魔法陣が浮かび上がる。

同時に、呪いの苦しみがきれいさっぱり消え去ったのだ。

驚いた。こんなことなど、一度もなかったから。

なんでも紙幣を魔法の媒体とし、呪いを一時的に封じたらしい。

魔法使いは、真珠のような美しい涙を流していた。金を燃やしてしまった自らの行動に、涙しているようだ。

あんなに、金が何よりも大事だと訴えていたのに、契約も何もしていない男を助けてくれるなんて……。

彼女は信じがたいほどお人好しで、困っている者を見捨てられない心優しい女性なのだろう。

なんていじらしいのか。

これまで感じたことのない、甘やかな感情が胸に花開いた。

そんな女性が傍にいたら、余生は絶対に素晴らしいものになるに違いない。そう思い、求婚した。

最初は難色を示し、拒絶するような態度が見受けられた。

しかしながら、交渉は断られてからが本番なのだ。

食い下がった結果、魔法使いことディアはしぶしぶと結婚を承諾してくれた。

あとは、短い余生を彼女と楽しく過ごすばかりであった。

思っていた通り、ディアとの新婚生活は夢のような日々だった。

可愛らしい妻が毎晩家で仕事の帰りを待っているなんて、最高としか言いようがない。

彼女と結婚してから、人生は薔薇色《ばらいろ》であった。

ただ、残念ながらそれも長くは続かない。呪いによる死が、人生を阻む。

人は幸福を知ると欲張りになるのだろう。もっと生きたい。ディアと共に過ごしたいと、望んでしまう。

人が歩む生の道は、上手くいかないようにできているのだろう。

そう思っていたが――呪いをかけた者の正体が明らかとなった。

兄の妻だったフリーダが、公爵家の財産を得るために画策していたものだったのだ。

多くの人達の協力で、呪いが解かれる。

呪いから解放されたあと、珍しくディアのほうから抱きついてきた。

これは、現実なのか。

よくわからなかったのだが、胸に抱いたディアは温かい。夢ではなかった。

人生に期待なんてしていなかったが、これからの人生は期待をしてもいいだろう。

だって、愛しい妻がいるのだから。

ディアと歩む人生は、光に満ちていた。

## 番外編　避暑地で、楽しいひとときを

「ディア、今年の夏は、別荘に行きませんか？」

アロイスは甘くとろけそうな微笑みで、ユースディアを誘う。

なんでも、美しい湖と清涼感のある白亜の石畳が名物の避暑地らしい。

「おいしいワインが名産なんです。生ハムも、名物なんですよ。いかがですか？」

「断る理由は、何ひとつとしてないわね」

「だったら決まりですね」

ふたりきりというわけでなく、テレージアやヨハンも同行する。

事件から数ヶ月経ったが、皆、ゆっくり休む暇がなかった。そう思って、アロイスは旅行を計画したのだという。

ヨハンは明るさを取り戻しているものの、夜になると涙を流しながら寝ている日もあるという。

時折、表情にも陰りがあった。

まだ、母親が必要な年頃だ。無理もないだろう。

できることといったら、惜しみない愛情を注ぐばかり。

ユースディアはヨハンを目一杯可愛がり、惜しみない愛情を注いでいた。

◇　◇　◇

旅行当日となる。

使用人を連れ、鞄を積み込んだら、馬車は三台分になったという。

「使用人に一台割り当てられるのはわかるけれど、旅行鞄だけで一台ってどういうことなのよ」

「あら、これでも少ないくらいよ」

ユースディアはテレージアの発言を聞き、開いた口が塞がらなくなる。

「私が若い頃は、馬車一台分にドレスを詰め込んで運んでいたわ」

貴族の生活は、到底理解できない。貴族となってなお、しみじみ思うユースディアであった。

馬車に乗り込み、すっかり夏の景色となった道を進んでいく。

久しぶりの旅行に、ヨハンは楽しげな様子を見せている。ユースディアの使い魔である黒リスのムクムクを抱き、窓の外を覗き込んでいた。

「見てください、ムクムク！　葉っぱが、わさわさと生い茂っていますよー」

なんてことのない景色でも、ヨハンの目には新鮮に映るのだろう。微笑ましい気持ちで、ユースディアは見守っていた。

王都から三時間ほどで、避暑地にたどり着く。ここは公爵家の領地で、普段は分家の者が管理している。

すっかり陽は落ちているので、白亜の石畳の美しさとやらはよくわからなかった。明日の楽しみにしておく。

避暑地とあって、夜は冷える。ぶるりと震えてしまった。

そんなユースディアに、アロイスは上着をそっとかけてくれた。

「ちょっと、冷えますね」

「え、ええ」

体は暖かくなったものの、心はそうでない。

気持ちが妙にソワソワしてしまうのは、ここが知らない土地だからではなかった。

ユースディアは公爵家の親戚に初めて会う。妙に、緊張していた。

それを読み取られてしまったのか、アロイスはユースディアの腰を抱く。そして耳元で、ひっそりと囁いた。

「ディア、大丈夫ですよ。叔父は、優しい人です」

いつも以上に優しい声だったので、ユースディアは盛大に照れてしまう。

名実ともに正式な妻となっても、アロイスの甘さには慣れなかった。

彼の言っていた通り、別荘のある土地を管理するアロイスの叔父は穏やかで優しそうな人物であった。一行を心から歓迎し、ユースディアにも労いの言葉をかけてくれる。

着替えたあとは、晩餐会となるらしい。

ユースディアはアロイスと共に、割り当てられた部屋に向かった。

部屋の中心に置かれた円卓には、リボンがかけられた長方形の箱が置かれていた。

「何、これ？」

「私からディアへの、贈り物です」

「は!?」

「偶然、街でディアに似合うドレスを見つけたので、買ってしまいました」

いつの間に用意していたのか。昨日まで休みなく働いていたのに。ユースディアは信じがたい気持ちになる。

リボンを引き、蓋を開く。中にはコバルトグリーンの美しいドレスが収まっていた。

「きれい……！」

まるで、南国に生息する美しい鳥のような色合いである。この辺では見かけない、明るいトーンのドレスであった。

「ディア、気に入りましたか？」

「ええ、とっても」

「よかった。晩餐会にはこれを着てください」

「わかったわ。その、アロイス、ありがとう」

アロイスは笑顔で、自らの頬を指差す。感謝の気持ちはキスに込めろと訴えているようだ。

ユースディアは仕方がないと思い、背伸びをしてアロイスの頬にキスをした。

「ありがとうございます」

「なんで贈り物をしたあなたが、お礼を言っているのよ」

「ディアのキスは、ドレス以上の価値がありますので」

「あっそ」

照れから、そんな可愛くない言葉を返してしまう。それなのに、アロイスはユースディアを抱きしめた。

「な、なんの抱擁なの？」

「ディアがあまりにも、愛らしいので、抱きしめてしまいました」

何か言い返そうとしたが、すぐに唇を塞がれてしまった。

その瞬間に、思う。そういえば、数日間キスをする暇すらなかったと。

ユースディアは甘いひとときに、身を委ねた。


晩餐会は滞りなく終わり、あとは夫婦の時間である。

そう思って緊張していたのだが、訪問者が扉を叩いた。

「誰かしら？」

「母上？」

「まさか」

アロイスが扉を開いた。廊下に独り佇《たたず》んでいたのは、ヨハンである。

「ヨハン、どうしたのですか？」

「あの、ごめんなさい。こわい夢を見てしまい、ひとりでは眠れなくって」

「そういうことでしたか」

アロイスはヨハンを抱き上げ、寝台のほうへ下ろしてやる。

「今日は、三人で寝ましょう」

「いいのですか？」

「いいですよ」

そんなわけで、夜は仲良く三人で眠ったのだった。

◇◇◇

翌日は、朝から張り切って湖に出かける。なんでも、アロイスの叔父が釣りを教えてくれるらしい。以前、アイスフィッシングで釣りを気に入ったヨハンは、瞳を輝かせながら話を聞いていた。

ユースディアはテレージアと共に、日傘を差して遠巻きに見つめる。

「ディアさん、あなたは釣りをしなくてもいいの？」

「お義母様のほうこそ」

「私は、やり方がわからないから」

「習ったらいかが？」

そう提案したのと同時に、ヨハンが駆けてくる。

「お祖母様も、一緒に、釣りをしましょう！」

「え、私も？」

「はい！　ディア様も！」

ユースディアとテレージアはヨハンに誘われ、湖畔へ近づく。

釣りの手順を習ったテレージアは、恐る恐るといった様子で、湖に釣り糸を垂らしていた。

一時間後――。

「ぐぬぬぬぬぬ、ぬぬぬぬ!!」

「お、お祖母様、すごいです!!　大物です!!」

テレージアは足を大きく広げてふんばり、釣竿を引っ張っていた。

釣竿の先端が大きくしなっている。かなりの大物なのだろう。

引くのを手伝おうとしたが、自力で釣りたいらしい。ユースディアとアロイスは、断られてしまった。

奮闘すること十五分。ついに、魚が陸に上げられる。

「わあ！　お祖母様！　ぼく、こんなお魚、みたことないです!!」

「そ、そう？」

「すごい！　すごいです！」

ヨハンは大興奮している様子だった。テレージアも、絶賛されて満更でもない様子である。

その様子を見ていたアロイスが、ふっと噴き出す。

ユースディアもずっと我慢していたのだが、笑ってしまった。

「もう、ダメ！　釣りをするお義母様、あまりにも豪快で、面白すぎるわ。普段は、品格が擬人化したような、気品ある御方なのに」

「ディア、それを言っては……！　ずっと、耐えていたのに！」

「先に笑ったのは、アロイス、あなたよ？」

「そう、ですが」

しだいに、夫婦揃って大笑いしてしまう。

「ふふ……あはは！　も、もう、ダメ。お腹が痛い。こんなに笑ったの、初めて」

「私もです」

「ちょっとあなた達、何を笑っているの⁉」

「うわ、怖っ！」

テレージアが釣竿を片手に、駆けてくる。世にも恐ろしい形相だったので、アロイスとユースディアは手を繋いで逃走した。

「お待ちなさい！」

テレージアの足は意外と速く、笑いながら走るふたりはあっという間に追いつかれてしまった。

「まったく、人様を笑うような人間には、育てていないのに！」

「ご、ごめんなさい」

「反省しています」

旅行は笑顔の絶えない日々であった。あっという間に、過ぎていく。

楽しかった思い出を胸に、王都へ戻った。

この日以降、ヨハンの表情に陰りは見られないようになる。

ホッと胸を撫で下ろす、ユースディアとアロイスであった。

# お金大好き魔女ですが、あまあま旦那様にほだされそうです

著者　江本マシメサ　© MASHIMESA　EMOTO

2020年11月5日　初版発行

発行人　神永泰宏

発行所　株式会社 J パブリッシング
〒102-0073　東京都千代田区九段北1-5-9 3F
TEL 03-4332-5141　FAX03-4332-5318

製版　サンシン企画

印刷所　中央精版印刷株式会社



ISBN：978-4-86669-342-2
Printed in JAPAN